EDAF

MADRID - MÉXICO - BUENOS AIRES - SAN JUAN - SANTIAGO - MIAMI

MIGUEL DE UNAMUNO

SAN MANUEL BUENO, MÁRTIR
Y TRES HISTORIAS MÁS

Introducción y notas de
Manuel MACEIRAS FAFIÁN

BIBLIOTECA EDAF
177

Director de la colección: MELQUÍADES PRIETO

Diseño de cubierta: GERARDO DOMÍNGUEZ

Editorial EDAF, S. L.
Jorge Juan, 68. 28009 Madrid
http://www.edaf.net
edaf@edaf.net

Ediciones-Distribuciones Antonio Fossati, S.A. de C.V.
Calle 21, Poniente 3701, Colonia Belisario Domínguez
Puebla 72180, México
edafmexicoclien@yahoo.com.mx

Edaf del Plata, S. A.
Chile, 2222
1227 - Buenos Aires, Argentina
edafdelplata@edaf.net

Edaf Antillas, Inc
Av. J. T. Piñero, 1594 - Caparra Terrace (00921-1413)
San Juan, Puerto Rico
edafantillas@edaf.net

Edaf Antillas
247 S.E. First Street
Miami, FL 33131
edafantillas@edaf.net

Edaf Chile, S.A.
Coyancura, 2270, oficina 914, Providencia
Santiago - Chile
edafchile@edaf.net

9.ª edición, enero 2012

Depósito legal: M-1198-2012
ISBN: 978-84-414-0281-7

PRINTED IN SPAIN   IMPRESO EN ESPAÑA
Gráficas COFAS, S. A. Pol. Ind. Prado de Regordoño (Mostoles) Madrid

ÍNDICE

INTRODUCCIÓN

Como tantos otros durante los siglos XIX y XX, pero entre los más perspicaces, Unamuno escribió con la profunda inquietud kantiana que pretende responder a las cuatro célebres preguntas que, para Kant, constituyen todo el campo de lo que él llamó «filosofía en sentido mundado». Esto es: la reflexión que tiene que ver con los últimos fines de la razón humana. Kant redujo, en efecto, toda la filosofía a la búsqueda de una respuesta a las siguientes preguntas: *¿Qué puedo saber?*, *¿qué debo hacer?*, *¿qué puedo esperar?*, *¿qué es el hombre?*

No hace falta ser muy perspicaz para percatarse de que la última de las preguntas lleva implícita las tres anteriores. Si supiésemos *qué es el hombre*, por su peso caería lo que él puede saber, lo que debe hacer y lo que le cabe esperar. Por eso Kant, en pocas palabras, reduce la filosofía a la inquietud antropológica que se pregunte *¿qué es el hombre?*

Desde Kant, empezando ya por sus coetáneos en tiempo e ideas, los ilustrados, pensaron que la razón, bajo el timón de la lógica vinculada a la experiencia, era suficiente para contestar a la pregunta. Pero de inmediato el romanticismo pone en entredicho las pretensiones racionalistas y experimentalistas ilustradas para traer a primer plano el problema del hombre como problema insoluble, porque el sentimiento, la pasión y todo cuanto en él precede a su propio razonar —que podemos llamar irracional o inconsciente— vetan a la propia razón una respuesta, ni tan solo aproximada, puesto que ella razona desde lo que ella misma no es y que, precediéndola, la condiciona. Por eso el romántico lucha a brazo partido con su interioridad sin llegar jamás a la distinción de ideas ni a la claridad de conciencia.

Por caminos paralelos, los diversos positivismos se mueven por la misma inquietud, y reconocen su insuficiencia. La inmensa obra de Comte va a terminar confesando la insuficiencia de las ciencias, unificadas por la Sociología, para refugiarse en el idealismo religioso que pretende vislumbrar el ideal del hombre en la religión de la Humanidad. Spencer y Darwin no dejan menos vacíos, de los que ellos mismos son testigos, al desconocer el campo específico de qué sea, cómo se mueva y hacia dónde se dirija la subjetividad humana. Tanto el *Ensayo sobre el progreso* del primero, como el *Origen del hombre* del segundo, son elocuentes testimonios de que la pregunta «*¿qué es el hombre?*» le vino larga al positivismo y al psicologismo del siglo XIX. Más tarde Bergson y Husserl, entre otros, han dejado bien clara tal insuficiencia.

Unamuno nace, crece y estudia en este ambiente, como las páginas de *Paz en la guerra*, explícitamente, van dejando en claro. Ni siquiera sus juveniles ardores positivistas y racionalistas estaban desposeídos de la matriz romántica y sentimental que atraviesa filosofías como las de Comte, Spencer o Darwin. Como no lo estuvo la «nouvel vague» de aquellos tiempos —con la que Unamuno sintoniza— representada por el krausismo, que llega a España de la mano de Sanz del Río y es propagado por los Institucionalistas (Institución Libre de Enseñanza). Era todo aquel un modernismo racionalista, más sentimental y emotivo que rigurosamente racionalista. No podía ser de otro modo, puesto que su inspiración venía de Ch. F. Krause cuya obra, muy particularmente su *Das Urbild der Menschheit*, está profundamente empapada de romanticismo.

Por todo ello Unamuno recibe la pregunta kantiana «*¿qué es el hombre?*» con una complicación que no había tenido para Kant. Complicación que no sólo había inquietado, sino fastidiado, a tantos otros en el siglo XIX. Ahí están, para probar que eso es cierto, Nietzsche —que ya anda por Berlín cuando Unamuno nace en 1864—,y para quien el hombre es el volatinero que se bambolea sobre el abismo, según las primeras páginas de *Así habló Zaratustra*. Y Kierkegaard, muerto apenas nueve años antes en una pelea consigo mismo y con el cristianismo oficial, a su juicio racionalista, siempre en pos de un estadio definitivo para él existente, pero que nada en este mundo podrá definitivamente procurar, y en 1860 había muerto Schopenhauer cuya obra acaba, después de tantas peripecias, proponiendo al hombre un ideal de ascetismo aniquilador tras un sinuoso recorrido, inquieto por un ideal de vida.

Valgan sólo estos tres nombres como testimonio de un legado que Unamuno va a conocer. Y si en ellos la pregunta se había complicado, Unamuno no pretende simplificarla. Más todavía. Como para él no sólo es teórica la cuestión, la complicación por no poder responder se mete en el tuétano de los huesos y se convierte en droga o veneno que no va a dejarle convivir en paz consigo mismo. Unamuno, en efecto, se planteó de modo vital y práctico la pregunta por el ser del hombre. Él quería practicar las ideas y vivir las convicciones. Por eso no acertar en las respuestas no era simple falta de conocimiento, sino angustiosa inquietud moral, puesto que quedan pendientes de aclaración las constelaciones de sentimientos y problemas que se agrupan en torno a los términos simbólicos del *esperar*, el *pensar* y el *hacer*. Estos tres verbos, en efecto, apuntan simbólicamente a dimensiones constitutivas de nuestro ser: nuestro origen, nuestro fin, nuestros ideales y todo cuanto el *esperar* simboliza; las posibilidades de nuestra razón, sus límites y sus ilusiones implicados en el *pensar*; la responsabilidad que en cada momento debemos afrontar escogiendo así y no de otro modo, que el *hacer* representa.

Toda esta preocupación antropológica la conduce Unamuno a lo que él llama «el problema de la personalidad». Es el problema de la personalidad: «el que me ha inspirado para casi todos los personajes de ficción» (Prólogo a *San Manuel Bueno, mártir*). Congojoso y a la vez glorioso problema de la personalidad que trajo en vilo a su Don Manuel, a Don Sandalio —jugador de ajedrez—, a Don Emeterio, pero también al Quijote, a Segismundo y (todos ellos símbolo de Don Miguel) al propio Unamuno que se pregunta como tema acuciante y central de su filosofía: «¿Quién es el que se firma Miguel de Unamuno?» (*Tres novelas ejemplares*). Pregunta que debe encabezar la reflexión de cada hombre enfrentándolo con la respuesta al «¿Quién soy yo mismo?»

Toda la obra de Unamuno tuvo la pretensión de descifrar la propia personalidad. Pero, como ya vimos, ella va acompañada de los problemas que el esperar, el pensar y el hacer simbolizan. A través de su obra literaria van apareciendo conjeturas sobre lo que soy yo, sobre lo que es el hombre, sobre lo que es el ser.

a) *En primer lugar, el ser.* El ser, huésped convidado de antiguo a la tertulia de los filósofos, pero al que cada cual atribuye categorías incluso mutuamente incompatibles. Desde el ser entendido como realidad natural en las filosofías presocráticas o naturalistas del siglo XIX, hasta el ser concebido como realidad trascendente, esto es, como Dios, al que apuntan las filosofías que declaran la insuficiencia de la naturaleza para explicar su propio origen, y su teleología. En todo caso, el ser es, para todos, aquello a lo que se afirma como responsable definitivo y último de la estructura y funciones de todo cuanto existe. Y la filosofía, en síntesis, se dividió a lo largo de su historia en una inquietante, e irreconciliable, alternativa: el ser es Dios o el ser es la Naturaleza. Esto es: un elemento trascendente (de muy diverso tipo) o un elemento inmanente (que cobra innumerables formas en las diversas filosofías: elemento natural, energía, etc.).

Unamuno no entra en la discusión erudita pero se ve cogido en la alternativa. Y la pregunta aristotélica «¿qué es el ser?» —que, a juicio de Heidegger, Leibniz radicalizó preguntándose «¿por qué existe el ser y no más bien la nada?»—, y que constituyó el núcleo de toda la Historia de la Filosofía, Unamuno, sin respuesta explícita, va dejando sobre ella elocuentes testimonios: el ser es contradicción, conflicto. El fondo de lo real no es la nada, cuya tentación le asalta en la célebre noche de su conversión en 1897. Lejos de Unamuno,

13

pues, la afirmación principal que vertebra *El ser y la nada* de Sartre, en donde la nada anida y habita el seno mismo del ser, como un gusano en fruta madura. Y lejos también de él la concepción heideggeriana del «ser para la muerte», que sustenta *Ser y tiempo*. Lo real, y, por tanto, el hombre, son manifestaciones del ser, contradictorio sí, pero ser al fin. Por eso, la realidad y hombre están llamados a ser, ser siempre y no abocados a la nada. Pero jamás podrán alejar de su seno la contradicción, porque ella, categoría fundamental de ser, es su esencia.

Nada extraña, pues, aquellas entusiastas expresiones que dedica a Hegel en *La tradición eterna*. Hegel, «el último titán para escalar el cielo», que pretendió escribir el álgebra del universo en fórmulas vivas. Unamuno, que, como sabemos por *Paz en la guerra*, conoció a Hegel, tiene un fondo hegeliano evidente. Y esto por varios motivos:

Por la afirmación de la esencia contradictoria de lo real. La dialéctica no es en Hegel un método, sino la esencia misma de lo real, como deja bien claro en el último capítulo de *La ciencia de la lógica*. Allí lo real aparece vinculado al enfrentamiento de lo *positivo* (lo que se da) y lo *negativo* (lo que podría darse y no se da): Esto hace que la dialéctica sea la vida misma de las cosas en un continuado esfuerzo por ser lo que todavía no son (negativo) desde lo que realmente son (positivo). En Hegel se produce necesariamente una síntesis, lo que caracteriza su pensamiento como dialéctico.

Unamuno es un helegiano no dialéctico. Quiero con ello decir que en él no se da la síntesis. Como ya sucedía en la dialéctica existencial de Kierkegaard, en

Unamuno el conflicto es inacabado, evidente pero irresoluble. Por eso la contradicción precede a nuestro nacimiento y nos acompaña hasta después de la muerte, para siempre, sin posibilidad de un saber absoluto que supere y armonice los contrarios. En Unamuno el saber verdadero es la duda, y la verdad será siempre «búsqueda de la verdad», como en Malebranche. Y no es posible el saber absoluto porque Unamuno, con más agudeza que Hegel, tiene presente la realidad del mal en el seno del ser. No el mal moral, sino la falla metafísica, la contingencia. El ser está enfermo, no es perfecto. ¿Es quizás malo por contradictorio o es contradictorio por ser malo? Si seguimos las sugerencias de *Del sentimiento trágico*, una cosa no es pensable sin la otra. Son como la cara que no se concibe sin la cruz, y viceversa. Ambos se reclaman mutuamente.

Pero Unamuno me sigue pareciendo profundamente hegeliano por otro concepto. Es el concepto hegeliano de espíritu. El espíritu es para Hegel el esfuerzo perenne que cada ser, desde su naturaleza, pone en ejercicio para vencer el anquilosamiento y la muerte a que todo ser natural (contingente y limitado) está abocado. El espíritu es, por tanto, lucha, combate por no morir, que los seres —desde los inorgánicos al hombre— ejercen en el seno de la naturaleza. Es la lucha misma por la eternidad que cada ser lleva a cabo en virtud de su esencia contradictoria que le impele a superarse continuamente y a querer ser siempre más, desde lo que es. Bien es cierto que en Hegel el espíritu tiende a realizar la idea absoluta como totalidad que cada ser natural pretende alcanzar. En Unamuno el espíritu, más antropologizado y psicologizado, desposeído ya de tintes idealistas, es el *serse*, el querer *ser todo*, *ser siempre*, que anima a la creación entera y en el hombre se hace combate por eternizarse.

También aquí Unamuno, siendo hegeliano, no es dialéctico. En Hegel el espíritu encuentra su realización acabada en el espíritu Absoluto, a través de la filosofía, el arte y la religión, que son sus formas, encarnadas en el espíritu de un pueblo, o sea, en un Estado. Lejos de tal pretensión idealista, Unamuno no encontrará formas para colmar la búsqueda de totalidad, ni individual y subjetivamente, ni colectiva y objetivamente. Nada, por tanto, cerrará sintéticamente las aspiraciones del espíritu y no será posible la superación de las contradicciones. Nuestro Don Manuel es evidente ejemplo.

b) *El ser del hombre, en segundo lugar*. Si el ser, fundamento de lo real, aparece como contradictorio-imperfecto, nada ya se salvará de la contradicción. Y son muchas las contradicciones que Unamuno va descubriendo, desde las cosmológicas a las históricas. Pero donde la contradicción del fundamento se hace evidente, es en este ser especial que es el hombre. Es él quien de verdad descubre la contradicción y quien la experimenta. Preanuncia así Unamuno, bien explícitamente, la convicción de Heidegger: el único acceso al ser no puede realizarse sino a través de este ser concreto y real (ente) que es el hombre. Y Unamuno, de hecho, en lo que de verdad se empeñó fue en poner de manifiesto esta condición contradictoria, confirmando la personalidad de sus personajes. Toda la obra *Del sentimiento trágico* viene a ser una meditación sobre tal condición humana, a través de la insistencia en ciertos tópicos importantes a lo largo de su obra. Precisemos los más importantes.

1. La precedencia del ser sobre el pensar. En discusión con Descartes y con todo racionalismo, Unamuno insistirá en que la verdad primera no es *cogito ergo sum*, sino *sum, ergo cogito*. Lo primitivo, como él dice, «no es que pienso, sino que vivo». Tal afirmación entraña una de las más fecundas convicciones de la filosofía contemporánea. De Schopenhauer a Nietzsche y de Bergson a Husserl, el verdadero problema de la reflexión va siendo, no la identificación de mi existencia a partir de mi actividad pensante, sino identificar la realidad y el modo de ser de ese yo que piensa.

El modo de ser del yo que piensa aparece —en primer lugar— como vida que se incardina en una biología concreta y arrastra todo un mundo de involuntariedad personal —psicológica y biológica— que impide proclamar a la razón como soberana y a la conciencia como realmente dueña de sí. Teniendo eso en cuenta, exclama Unamuno: «¡Qué de contradicciones, Dios mío, cuando queremos casar a la vida con la razón!», dice en *Del sentimiento trágico*. Por eso sus personajes piensan, sí, pero desde la constante certeza de que «sentirse hombre», con toda la secuela de naturalidad que viene simbolizada por el hecho de nuestro nacimiento, es mucho más radical e inmediato que pensar. El hombre cabal no es el que piensa, escribe, hace ciencia, etc., sino el que vive, el «hombre de carne y hueso». Con él hay que contar como punto de partida y de llegada. Cuanto sea difícil casar con las exigencias de este concreto humano quedará siempre en la cuerda floja de la duda, la vacilación y desvelo. Tal sucede con la Fe y la creencia.

2. La primacía del sentimiento. Consecuencia de la anterioridad del ser sobre el pensar, será más la emo-

ción sentimental que la idea la que ofrece garantías a Unamuno. Por eso insiste en que, si bien se ha dicho que el hombre es un animal racional, «no sé por qué no se haya dicho que es un animal afectivo o sentimental. Y acaso lo que de los demás animales le diferencia sea más el sentimiento que no la razón». Puede uno —en consecuencia— tener un gran talento, pero ser un «estúpido del sentimiento». Se produce entonces la verdadera hipocresía ontológica porque se hace, se dice, y se vive lo que no se siente. Tal es la pérdida de la esencia del hombre, su alienación en favor de ideas que no siente.

Toda la obra de Unamuno está impregnada de esta profunda convicción que él quiso llevar hasta las consecuencias éticas y religiosas. No será, en efecto, posible la aceptación de la fe y de la creencia por motivos puramente racionales. Ni será tampoco legítima la vida en pos de ideales de la razón. Don Quijote, ejemplo de vida auténtica, no luchó por ideales, sino por «espíritus», como una y otra vez proclama la *Vida de Don Quijote y Sancho*.

No quiere esto decir que la razón ha de ser proscrita, desautorizada de una vez por todas. Ella, no hay duda, es el «arma del hombre». Lo es hasta del loco. Nada es posible sin ella, ni siquiera proclamar su insuficiencia o su falta de autonomía. Pero, lo mismo que Don Quijote, con la razón en la cabeza, supo ponerse en ridículo, así el hombre debe saber que la razón y «lo racional no es sino lo relacional; la razón se limita a relacionar elementos irracionales». Elementos irracionales, esos que nacen de la espontaneidad de la vida y del ser del hombre, todo él vinculado a lo que más arriba hemos llamado involuntario, más susceptibles de ser sentidos que pensados.

Tales convicciones no autorizan a hacer de Unamuno un irracionalista del corte de Schopenhauer. Pero bien es cierto que en él se da una tensión tal entre sentimiento y razón, que lo aproxima a un vitalismo sentimentalista. Tensión siempre irresuelta porque nada queda al azar del sentimiento ni tampoco sometido a la necesidad de la razón. El Don Manuel de nuestra obra es símbolo de quien razonablemente no cree en la inmortalidad pero, y no por hipocresía, pide y vuelve a pedir que recen por su alma,de la que siente la complejidad que convierte su vida en drama.

Por todo ello no parece desatinada una lectura psicoanalítica de Unamuno. No sólo de su persona, sino de sus personajes, los cuales se mueven desde un «destino» anterior y arqueológico que, sin la tematización freudiana, bien podría llamarse inconsciente.

3. La revalorización del cuerpo. El primer capítulo *Del sentimiento trágico* nos lo recuerda con nitidez: «y este hombre concreto de carne y hueso es el sujeto y el supremo objeto a la vez de toda filosofía...» El cuerpo es la síntesis previa de lo que somos y la sede de toda posibilidad. Es, para Unamuno, la substancia de nuestra vida, soporte de la conciencia y sede de la razón, no reductible ni a su organización biológica ni a su complejidad psicológica.

Como toda realidad viva, el cuerpo es el que, muy de acuerdo con el fondo hegeliano, no quiere morir y aspira a perdurar por mucho que la razón y la experiencia canten a las claras que deberá acabar. El hombre de carne y hueso, puesto que es cuerpo vivo, sólo podrá ansiar no morir, perdurar así como es y no transfigurado en otra cosa. La esperanza es, en primer lugar, biológica y corporal. El cuerpo vivo espera, pero en cuanto organismo, conoce la desesperanza de su sino que es el morir. Bien lo recuerda Spinoza: cada cosa «en cuanto es en sí, se esfuerza por perseverar en su ser».

La inmortalidad que la Fe cristiana brinda a Unamuno viene así, por una parte, a corroborar la esperanza biológica. Pero, a su vez, la certeza biológica de la muerte viene a poner en entredicho la inmortalidad recibida como dogma de su primera Fe cristiana. Por eso más adelante nos preguntaremos: ¿en qué inmortalidad no creía nuestro Don Manuel?, ¿cuál esperaba? Estas dos «esperanzas», la biológica y la cristiana, se cruzan en toda la obra de Unamuno complicando la vida real de cada uno de sus personajes. De Augusto Pérez, en *Niebla*, que quiere salir de la niebla y «vivir, vivir, vivir». De Don Manuel, que se calla cuando, rezando el *Credo*, llega al pasaje que afirma la creencia en la inmortalidad de la carne. Se calla porque, aunque no pueda afirmar la inmortalidad con la misma fe de sus feligreses, sin embargo, biológicamente, su deseo de vivir y de que sus feligreses vivan, «quisiera que fuese verdadero lo que nos hace conservarnos y perpetuarnos».

Todo ello sigue siendo consecuencia de la convicción profunda de que el ser precede al pensar, al esperar y al desear. Todo cuanto a la conciencia subjetiva puede, en fin, atribuírsele, radica sobre este cuerpo, mejor y con G. Marcel, sobre el misterio de este cuerpo, sujeto de nuestra esperanza y protector del hombre contra todo animismo descarnado o espiritualismo inorgánico. Por eso Unamuno escribe a Luis Bello en *Sobre sí mismo (pequeño ensayo cínico)*: «¡Si supiera usted lo que ese yo pesa, lo que ese yo duele, lo que

ese yo atormenta!» Un yo que pesa, duele y atormenta
y al que, por tanto, no le será permitido jamás la huida
racionalista, ni siquiera en el ámbito de la creencia,
precisamente por eso siempre imposible de racionalizar, en cuanto que su objeto es heterogéneo con el
peso, el dolor y el tormento.

El fondo romántico

Todos estos presupuestos antropológicos otorgan
a la obra de Unamuno un fondo de profundo romanticismo. El romanticismo, en efecto, se caracteriza por
la afirmación de las posibilidades infinitas de la conciencia, no temporal ni extensivamente, sino en poten-
cialidad emotiva y volitiva. Tal infinitud se manifiesta
a través de la libertad del sentimiento y de la actividad
absoluta y sin barreras de la conciencia emotiva. De-
bido a ello, el romántico es un buscador incansable de
lo más allá, de lo absoluto, inconcreto y de imposible
objetivación, porque es el sentimiento y no la razón
quien lo guía.

Pero esta inquietud tropieza con la contingencia y
la finitud del hombre. De tal tensión nace en el romántico un sentido irónico frente a lo concreto, al que
considera siempre barrera caduca y deleznable. Ello
provoca un segundo sentimiento, la insatisfacción, por
verse sumido en la limitación.

Desde esta perspectiva, el hombre se encara con su
propio fondo desde donde pretende ser más de lo que
se constata y experimenta. Es así como bucea Unamuno en su propia personalidad, en su personalidad nou-
ménica, según recuerda en *Tres novelas ejemplares*. En

este sector nouménico de la personalidad —límite de lo conocido— pretende encontrar los resortes psicológicos y espirituales para «ser yo y ser todo de demás». Serlo, en fin, todo. Es el titanismo romántico aplicado aquí no al conocer o al tener, sino al ser. Perdurar, no morir, problematizar la inmortalidad (aspirando a ella o negándola) son los símbolos límites de esta inconcreta aspiración romántica a superar las barreras de la finitud.

Ello precisa puntualizaciones:

a. La aspiración a la inmortalidad viene, como ya hemos dicho, más de esta clave que de la ofrecida por la Fe. La inmortalidad ofrecida por la Fe va dirigida a una razón que sacrifica sus certezas ante la palabra revelada de Dios. Y eso se le hace cuesta arriba a la propia razón. Unamuno se debate para que la inmortalidad sea una certeza en virtud del desconocido fondo nouménico de su personalidad. Nuestro Don Manuel es prueba de ella.

b. La Fe aparece entonces como la aspiración antropológica a que exista aquello en lo que decimos creer. Es el tópico unamuniano de que *creer* es *crear*. Crear lo que no vemos, que corrobora la introducción a *La agonía del cristianismo*. Allí, desde las primeras líneas, se reconoce que «El cristianismo es un valor del espíritu universal que tiene sus raíces en lo más íntimo de la individualidad humana».

c. La relación Unamuno-Kierkegaard. Es indiscutible la proximidad de muchas páginas y expresiones unamunianas con las de quien él mismo llama «el hermano Kierkegaard». Más aún, la convicción de encontrar en el singular humano, en cada uno de nosotros, las categorías de lo universal, de la humanidad, los aproxima a ambos. Pero, y a pesar de las palabras, la proximidad es más aparente que real.

En primer lugar, la angustia procede en Kierkegaard de la libertad. La angustia es tanto atributo del estado de inocencia y posibilidad de libertad, como resultado del vértigo de la libertad que debe escoger «esto» de un todo infinito posible. Es así condición y causa de la culpabilidad. Temas todos eminentemente vinculados al existencialismo de Kierkegaard y ajenos a Unamuno. Para éste la angustia procede del ansia de *serse*, de *ser todo*, vinculada al concepto hegeliano de espíritu y a su biologismo «nouménico».

A su vez, Kierkegaard profesa una fe cristiana, cierta y exigente, que entiende al cristianismo como un antihumanismo. El cristianismo es escándalo para lo humano porque los valores de uno son los anti-valores del otro. Pero Kierkegaard escoge como auténticos valores existenciales a los cristianos. Por eso los estadios de la existencia concluyen en la angustia y la desesperación puesto que nada hay definitivo ni válido fuera de la posesión de Dios en la eternidad. De ahí que ni el esteta que vive del instante (Don Juan), ni el ético que vive de lo que eligió como estable y definitivo (el marido), ni siquiera el hombre de la Fe (Abraham), dejarán de vivir la angustia, la desesperación y el escándalo. Todo ello porque la fe es anti-natural, está contra la razón, pero en la certeza de que todo tendrá remedio en la sóla posesión de Dios, en el que Kierkegaard cree firmemente. Y el concepto kierkegaardiano de «ser cristiano» igual a «hacerse cristiano» está tomado en el sentido de exigencia ética de vivir día a día las creencias, que en nada se parece a la concepción de la fe como «crear lo que no vemos» de Unamuno.

Otro tanto habrá que decir de la proximidad de Unamuno con la concepción de «la vida como dolor» de Schopenhauer. El dolor y el conflicto es en Schopenhauer fruto de la esencia activa y homogénea del mundo. Todos los seres, en efecto, son la participación concreta de la voluntad universal, energía única, homogénea e infinita. Cada ser tiende a acaparar el todo de que es participación, arrebatando a los demás la parte de voluntad (energía) que en ellos se participe. La vida es así lucha sin fin, y la naturaleza entera sufre esta cósmica contienda, siendo toda ella el campo de un universal dolor. La vida como amor, como ansia de perpetuación, no logra sanar este general conflicto. Sólo un ascetismo aniquilador en el que la voluntad personal se va anulando es remedio para tal condición. El mundo entonces camina hacia una nada que hace perder sentido a la vida y a las cosas, como proclaman las últimas páginas de *El mundo como voluntad y representación*.

Nada de esto está presente en Unamuno, en quien el dolor y la angustia vienen suscitados desde el fondo del ser en virtud de su aspiración a una realización plena e imperecedera. Ambos caminan, pues, en sentido contrario y sus conclusiones son, exactamente, contradictorias entre sí.

Fe y temporalidad

Toda la inquietud unamuniana viene a sintetizarse en su angustioso debate espiritual en torno a la creencia. Y eso porque, claro, si existiese Dios y nuestra razón tuviese de él una clara certeza, entonces sí que «nosotros existiríamos de veras». Dios sería la garantía de nuestra inmortalidad personal. Con ello el ansia biológica de no morir encontraría, por otro camino, la certeza que la experiencia niega: la de nuestra perpetuación.

El problema de la inmortalidad personal queda así en Unamuno pendiente de si Dios existe. Y este es el drama del hombre. Mejor, la tragedia porque el hombre se ve cogido en una alternativa insuperable.

Si niega a Dios, pura y simplemente, cercena la íntima aspiración de su humanidad a perdurar. Todo es ya caduco. Y eso va en contra del más íntimo sentimiento de la humanidad. Negar a Dios es negar posibilidad de vida, de ser más, de ser siempre. La Fe es promesa de vida, de más vida. Por eso no es posible negar a Dios sin resto, y el ateo lo sabe muy bien puesto que vive el drama de su incredulidad.

Si afirma la existencia de Dios, el hombre encuentra que, de inmediato, le faltan razones para hacerlo con certeza. Afirmar la eternidad y la infinitud, además de contradecir en experiencia, supondría un entendimiento de otro orden que el hombre se da cuenta que no posee. Y a Unamuno no le satisfacen ni las racionalizaciones teológicas que pretenden alcanzar a Dios como conclusión de un razonamiento, ni los motivos ingenuos de la fe popular —anclados en la tradición no personalizada— ni tampoco los devaneos modernistas y positivistas que reducen la tradición espiritual, particularmente cristiana de occidente, a hechos puramente naturales, psicológicos, sociológicos, etc.

Unamuno como persona, y con él todos sus principales personajes, se debatieron en tal alternativa. Por eso su creencia viene bien caracterizada por el «Creo, Señor, ayuda mi incredulidad», de San Marcos IX, 23. Creer, pues, es un proceso, un combate, la agonía del cristiano por serlo cada día en contra de la propia incredulidad. Creer es anhelar que haya Dios, vivir de ese anhelo y «hacer de él nuestro íntimo resorte de acción».

En este proceso, la vida, la razón y la fe se reclaman y necesitan mutuamente. Tal es el círculo hermenéutico unamuniano: vida, fe y razón son los enemigos «que se sostienen mutuamente». Pero, en contra de la seguridad que el *fides quarens intellectum* medieval procuraba, en Unamuno cada uno de los tres, apuntando hacia los demás, se problematiza y complica porque encuentra en cada uno de ellos sus propias limitaciones, más todavía, su íntima negación. Se establece así una lucha de contrarios que impide proclamar como ciertos y definitivos a ninguno de esos tres ámbitos. Se reclaman sí, pero combatiéndose. No es sólo verdadero lo racional, pero tampoco lo vital aparece plenamente coherente, ni la fe es una posesión cierta, intelectual o vital.

Todo ello enuncia más un problema que una solución. Y en el problema, o si se prefiere en el drama, vivirá sobre todo nuestro Don Manuel.

Pero la consecuencia más vitalmente experimentable de la fe es la posibilidad de inmortalidad personal. De ella es garantía la existencia de Dios.

Antes del tema de la inmortalidad, Unamuno había introducido ya el de la eternidad, en su célebre artículo *La tradición eterna*, trabajo temprano de 1895. Aquí la clave es hegeliana. La eternidad aparece como la substancia del tiempo y, recíprocamente, el tiempo como la forma y concreción de la eternidad. Del mismo modo que la tradición es substancia de la historia y ésta la forma de la tradición. La eternidad viene así a ser la dimensión ideal que permite hablar de la temporalidad como experimentable por el hombre. Si bien la eternidad no es reductible a un concepto, tampoco sería posible una concepción de la temporalidad sin la condición ideal de la eternidad.

Unamuno complica luego el problema con el de la inmortalidad. Ésta no sería posible sin la eternidad, pero no una eternidad ideal sino entendida como permanencia durable en el ser. Y es aquí donde afirmar la inmortalidad se hace complicado, como complicado resulta la afirmación racional de Dios, que es su garantía. Es lo que sucedió, no sólo a Unamuno, sino a Kant y, más próximo a nosotros, a Jaspers.

Pero la inmortalidad real, a pesar de su irracionalidad, es la conclusión más coherente y deseada por todo ser vivo. Por eso, aunque se haga difícil afirmarla por la razón, y más difícil aceptarla por la fe, ella no deja de ser exigencia de la propia vida. De ahí que, a pesar de la paradójica apariencia, la fe en la inmortalidad venga a ser fecunda promesa de vida terrena y temporal, como Don Manuel repite una y otra vez. Con estos presupuestos llegamos directamente al análisis de *San Manuel Bueno, mártir*.

«San Manuel Bueno, mártir»,
o la parábola de la Fe

San Manuel Bueno, mártir fue escrita en 1930 y

publicada en el semanario literario *La novela de hoy* en marzo de 1931. Se edita en Espasa Calpe en 1933 con el título *San Manuel Bueno, mártir y tres historias más*. A ella le acompañan, en efecto, los otros tres relatos que también recogemos en la presente edición.

El mismo Unamuno nos dice en el prólogo que antepuso a esta edición conjunta cuál sea el fondo común, y la razón por tanto, de su coedición: es el problema de la personalidad que atosiga a todos sus protagonistas; el saber, en fin, «si uno es lo que es y si seguirá siéndolo». Como ya dijimos, no sólo a los personajes de estas novelitas, sino a todos los personajes unamunianos es éste el problema que les inquieta.

De todos ellos sobresale Don Manuel, el cura párroco de Valverde de Lucerna, cuyo «relato» conduce al lector, a través de la simpleza narrativa, al problema que acabamos de mencionar. Pero saber «qué somos y si seguiremos siéndolo» introduce de lleno el problema de la relación entre el hoy y el mañana, entre lo temporal y lo eterno, lo caduco y lo imperecedero. Lo que plantea explícitamente la pregunta por la posibilidad, los límites y el objeto de la creencia. El relato problematiza entonces la pregunta ¿qué significa creer? Tal enunciado, sin ser críptico, exige su clarificación.

1. Como cualquier otra ficción narrativa, también aquí el relato no puede ser considerado ni intelectual, ni éticamente neutro. Por el contrario, y muy de acuerdo con todo el resto de la obra unamuniana, este texto introduce una evaluación del mundo y de la experiencia humana ordinaria abriendo un horizonte de sentido que ofrece un modo de ver las cosas que el

lector descubre en el momento de atender a la ficción narrada. Ni un sólo texto de Unamuno puede considerarse neutro. Baste recordar aquí *Niebla*, *La vida de Don Quijote* o *En torno al casticismo*. En ellos, como en todos los demás, lo que Unamuno ofrece es un texto que reclama la redescripción de la experiencia cotidiana. Redescribir o «revivir» la vida ordinaria quiere decir que el texto pide que se eclipse la actitud natural y ordinaria para que se ilumine un mundo de la vida no compatible con esta vida ordinaria, usual, manipulable o impersonal en la que todo hombre, todo lector, está necesariamente inserto. En este sentido, *San Manuel Bueno, mártir* proyecta su significado hacia un modo de vivir y de pensar que sobrepasa el modo usal de estar en el mundo y apunta hacia una temporalidad no reductible ni a la cronología de los sencillos parroquianos ni a la eternidad enseñada por los teólogos, impersonal y «científica», al uso de los estudiosos de los textos sagrados.

La redescripción que el texto de *San Manuel* propone es la de la experiencia usual de la Fe. Dicho de otro modo: con la ficción narrativa, Unamuno va más allá de la historia de un cura que no creía en lo que predicaba, mostrando, a través de la narración, que para creer no bastan ni la ingenua e impersonal fe de sus feligreses ni las «razones» teológicas que —como cura— había aprendido. La estrategia narrativa del autor recurre entonces a poner delante del lector, a mostrarle —diremos con Wittgenstein— a través del «relato» de Don Manuel, cómo la vida virtuosa y coherente con la fe no es homogénea con el orden de realidades trascendentes que la fe profesa. Una cosa es cumplir los mandatos de la fe y otra, de naturaleza muy distinta, es creer en Dios y lo que él implica, según la concepción cristiana de la divinidad. Para acceder a lo primero encuentra Unamuno razones vitales que una y otra vez Don Manuel predica: la fe es y debe seguir siendo promesa de vida terrena e histórica más fecunda. Para lo segundo le faltan «razones». Parece entonces preguntarse: ¿no basta con obrar de acuerdo con la fe aunque no se crea?; entonces, ¿qué significa creer?

Unamuno no pretende explicar ni contestar a ¿qué significa creer?, sino *hacer comprender* al lector la legitimidad de la pregunta, situándolo ante un texto eminentemente metafórico que —en forma de parábola— apunta hacia las vivencias de la fe en el seno de la conciencia misma del creyente.

2. Contado por Ángela Carballino, el relato de San Manuel se mueve dentro de una estrategia según la cual la función ordinaria de descripción es superada por la que llamamos más arriba función extraordinaria de redescripción de lo que es creer. De este modo, el relato en su conjunto viene a ser la aplicación de un proceso metafórico a la forma narrativa. O, si se prefiere, *San Manuel* es el ejemplo de lo que Ricoeur llama acertadamente «funcionamiento metafórico de un relato».

Ello exige varias precisiones. La primera es la de considerar a la metáfora, y al proceso metafórico por tanto, no como un recurso retórico de substitución, en que se efectúa el cambio de un término por otro menos usual, sino que toda metáfora debe ser entendida como un verdadero recurso de producción de nuevo significado, en cuanto que brinda nuevas posibilidades de entender las cosas estableciendo una tensión entre nuestro modo ordinario de verlas y otro modo intuido a través de la ficción narrativa. Por eso, desde el realismo de las situaciones, se vislumbran modos excéntricos y originales de ver y vivir la experiencia humana.

La segunda precisión llama la atención sobre el funcionamiento metafórico del relato, esto es la parábola. La parábola redescribe, pero no en el orden de la frase, sino desde la unidad del texto. *San Manuel* tomado unitariamente, en la totalidad del texto, hace brotar la constelación de símbolos que arrojan luz sobre la imposibilidad de explicar lo que significa creer, a la par que la conciencia se profesa incapaz para negar la necesidad de la fe. La parábola no es así un medio auxiliar para probar nada, sino que, desde el funcionamiento simbólico de lo que relata, redescribe la naturaleza misma de la experiencia de la fe. La creencia auténtica supone entrar en el trance en que se ve Don Manuel: desasosiego existencial para creer, personal y razonablemente, y confrontación con la fe entendida como irreflexivo e impersonal legado tradicional.

En tercer lugar, es llamativa la sorpresa de la confesión de Don Manuel a Lázaro y a Ángela, desde la narración de hechos y situaciones ordinarias. Es la estrategia de Unamuno que confirma más aún la condición parabólica del relato. Captada la atención por lo ordinario, salta lo extraordinario, el escándalo del Don Manuel que dice no creer y pone en duda la fe de los más grandes santos. Este «escándalo» apunta a la verdadera naturaleza del acto de fe. Creer es, de algún modo, «escandaloso» para la vida ordinaria y para la razón. La fe antepone valores de naturaleza tan distinta, que creer razonablemente es situarse en un ámbito de no racionalidad. Creer supone alienar la razón en favor del objeto de la Fe que trasciende por su naturaleza a toda razón humana. Eso el legítimo creyente lo sabe y lo acepta, pero ello impide hacer de la fe una tranquila posesión que, de una vez por todas y a partir del bautismo, poseamos sin compromiso ni riesgo.

Unamuno sitúa a su Don Manuel en el trance que supone enfrentar la naturaleza finita del hombre y la infinitud de Dios. Por eso creer, lo que es creer responsable y razonablemente, es lo más próximo al ateísmo, lo más cercano a negar lo que se cree porque lo contrario sería desconocer la naturaleza misma del acto de fe que tiene como objeto a un ser del que no podemos vislumbrar siquiera un atisbo de su naturaleza. Por eso la fe es pelea, lucha por creer, combate con la propensión a hacer de ella un acto más de la experiencia ordinaria. La fe es lo más extraordinario y por tanto lo más escandaloso. Tal es la redescripción a la que el relato apunta con la figura y la actitud de Don Manuel y del converso Lázaro, que murieron «creyendo no creer lo que más nos interesa, pero sin creer creerlo, creyéndolo en una desolación activa y resignada», confiesa Ángela al final del relato. Ella misma, después de todo un proceso de reflexión en torno a la vida de Don Manuel, se pregunta si cree en algo, si los demás creen o todo es un sueño. Siguiendo el impulso redescriptivo de la parábola debemos reconocer que la posibilidad de toda creencia está vinculada al reconocimiento de esta situación de desconcierto, de escándalo racional. Lo contrario es destruir al mismo Dios en que se dice creer. No otro puede ser el *obsequium rationale fidei* que solicita San Pablo.

3. Siguiendo la flecha significativa de la parábola de San Manuel, es necesaria todavía otra clave para su interpretación. Su forma narrativa solicita más la atención al *proceso* que a la *estructura* del texto. Ésta no es suficiente para decantar la significación plena y la sugerencia de sentido que la procesualidad de la ficción va induciendo en el lector.

El lema paulino inicial afirma la resurrección que más adelante va a constituir el núcleo de las negaciones de Don Manuel. Se acentúa el dramatismo en la proclamación del «Dios mío, Dios mío, ¿por qué me has abandonado?» Es el grito de Cristo en la cruz, es el reconocimiento de la primacía de lo humano, del dolor y la muerte, que acaban con el mismo Cristo, Dios que muere como hombre. Este abandono recorre toda la novela, como la imposibilidad de una fe asistida por Dios, segura y tranquilizadora. Y es Blasillo el bobo quien repite el grito desolador por las calles del pueblo, que no entiende su íntimo significado y ríe sólo su capacidad mimética. Se establece así una tensión máxima entre la manera de entender la fe Don Manuel y de entenderla al pueblo: tormento para uno porque Dios no asiste visiblemente a la humanidad, consuelo presente y último en el que espera el otro. Lázaro, nombre del resucitado evangélico, era inicialmente incrédulo racionalista, ¿a qué se convierte si Don Manuel fuese un incrédulo? Su conversación dramatiza aún más el relato y su capacidad redescriptiva.

Por último, la muerte de Don Manuel acaece rezando el Credo, pero antes de llegar a la profesión de fe en la vida perdurable. Todo el proceso del relato viene, en efecto, vertebrado por la imposibilidad de confesar Don Manuel tal verdad de fe. Y concluye proponiendo una intensificación dramática que obliga al lector a la transgresión del acontecimiento hacia el sentido de la fe de Don Manuel y de sus feligreses.

4. Es por último la contraposición simbólica de lo alto y lo bajo la que produce la tensión metafórica que obliga a distinguir, con Frege, el *sentido* y la *referencia* de nuestro texto. Todo el relato, en efecto, se encuadra, simbólicamente, entre las montañas y el fondo del lago, entre el Valverde real y el sumergido. Confirmando el símbolo, el epílogo de Unamuno concluye evocando «los lagos y las montañas» como cobijo perdurable de las almas sencillas.

En la persona de Don Manuel aparece la síntesis poética de la tensión metafórica: él era «delgado, erguido, llevaba la cabeza como nuestra Peña del Buitre lleva su cresta, y había en sus ojos toda la hondura azul de nuestro lago». Retiene así, en sí mismo, toda la evocación simbólica de la cumbre y del fondo, de la altura y la profundidad.

Esta tensión metafórica impide identificar sentido y significación. El sentido está delante del lector como el contenido de las proposiciones del texto, pero la significación es aquí absolutamente extralingüística. Ella apunta a la realidad misma de la fe. Ésta debe ser siempre motivo para «hacer vivir», «vivir felices», «consolar», promover la «alegría temporal», pero, si es auténtica, no puede dejar de hacer sentir en quien la profesa la «tristeza eterna», la «desesperación» intolerable por el silencio de Dios. Es la tensión insuperable, la distancia, y la contraposición inamovible entre el abismo y la cumbre, entre la superficie y el fondo. Esta tensión es la verdad de la que «no puede vivir» la gente sencilla, el pueblo de la Lucerna real que no sabe, «ni acaso le importa mucho», lo que es la fe.

El pueblo vive una tranquila creencia que le garantice la tranquilidad eterna en la que cree creer. Frente a ella toda la significación metafórica apunta a la otra manera de creer a través de su redescripción por el símbolo: es la de Don Manuel y Lázaro que al final del relato de Ángela aparecen vinculados expresamente a la metáfora. Ellos representan, escribe Ángela, «otra laña más entre las dos Valverdes de Lucerna, la del fondo del lago y la que en su sobrehaz se mira».

La estrategia narrativa de Unamuno viene así a establecer, no una analogía externa entre el símbolo y lo simbolizado, sino una relación de identidad entre ellos: la fe auténtica *es* tensión irreconciliable como la que existe entre el fondo y la superficie.

Ello nos lleva a concluir que la fe aparece en *San Manuel Bueno, mártir* más como un símbolo que como un concepto. Ella no es conceptualizable y, por tanto, tampoco Dios es racionalizable. La vida eterna aparece como lo impensable, lo no susceptible de ser nombrado. Por eso calla Don Manuel. Creer, tener fe, es para él el símbolo intelectual del movimiento interior de su conciencia y de su razón en pos de una trascendencia ante la que sólo silencio puede imponerse. Sólo la vida puede ser afirmada. Toda una teología negativa recobra así en Unamuno su dramática expresión a través de la simpleza del relato.

Fenomenología de la conciencia de Don Manuel

Ninguna figura simbólicamente más adecuada para mostrar la naturaleza de la experiencia límite de la fe, que el párroco rural. El cura del pueblo —maestro y pastor— es el símbolo físico y la presencia visible del creer, del esperar y del obrar debidos, según la ortodoxia teológica. Él es maestro para la razón y pastor del alma. Pero, a su vez, es pastor y maestro cuya fe se mueve por motivaciones que no pueden coincidir con las de la sencilla creencia de sus feligreses. En Valverde de Lucerna, como en cualquier otra aldea, la conciencia creyente del párroco no es identificable con la de sus feligreses. Más aún: toda creencia auténtica está vinculada a la subjetividad personal; por eso, frente a la misma y objetiva formulación lingüística de los contenidos revelados de una fe, parece legítimo pensar que cada creyente configura los «objetos» de la creencia —dado su carácter trascendente— de manera no idéntica. Al menos en la fe cristiana, desde la que Unamuno habla. La imagen de Dios, de la vida perdurable, del misterio del pecado, del sentido de la vida son, aún en el seno de una misma comunidad de creyentes, concebidos por cada cual de modo subjetivamente intrasferible. Por tanto, en una legítima creencia, deben necesariamente aceptarse diversos modos de creer.

Don Manuel, volviendo sobre sí mismo, se enfrenta con su propia limitación y con la incapacidad racional de concebir a la esperanza como virtud teologal. Saliendo fuera de sí tropieza con la fe vivida como tradición impersonal, como costumbre popular, como espíritu histórico, como obediencia —en fin— a la autoridad eclesiástica. Fe popular y generalizada que, dentro del costumbrismo cultural, y por tanto desde su dudosa legitimidad, tiene su máxima expresión en la espera de una vida eterna, en la que el pueblo cree sin desvelos problematicistas. Esa es, y no puede ser otra, la sencilla y sincera fe de sus feligreses.

Ello requiere, por lo que a nuestro relato se refiere, varias precisiones.

Para una mirada exterior a sí mismo, Don Manuel aparece como un creyente, creyente auténtico, aunque «crea no creer». Cierto que su fe es la que hemos aproximado a una «experiencia límite», que desborda la coherencia racional y empuja hacia un mundo de sentido no asumible en su totalidad. Por eso él se siente incapaz de entrar en el fondo de sí mismo: allí está la tragedia, la contradicción insuperable que —como esencia del ser— hace brotar en el hombre las contradicciones entre el pensar y el sentir, lo eterno y lo temporal, la mortalidad y la inmortalidad. Entonces él trabaja, no para de trabajar y apenas consiente con la soledad. Su fe se cifra en la preocupación por los hombres en y para esta vida. De la otra vida, puesto que las contradicciones son insuperables, debemos callar. Pero este modo de entender las cosas no es predicable a quienes «creen de otro modo», para ellos tan legítimo como lo es para Don Manuel el suyo.

Y puesto que es creyente, no por hipocresía o engaño, sino por sincero convencimiento, debe «fingir» y recomendar a Lázaro que «finja» ya que, aunque no dicho explícitamente, existen otros modos de creer, otros «consuelos» que no son «su consuelo». De ahí que pida sinceramente la oración por su alma y muera ansiando que sus feligreses «crean lo que yo no he podido creer». Eso es ya creencia sincera, aunque no evaluable desde ninguna religiosa ortodoxia. Esto viene a corroborar la alusión a Moisés, quien, por haber visto la cara de Dios, no es capaz de concebir la fe como lo hacen los demás creyentes. Ver la cara de Dios, como Don Manuel confiesa al morir, es el desconcierto de la razón y la negación de lo que, como humanos, podemos decir y pensar.

La ancestral encina, vinculada a su infancia, entre cuyas tablas será enterrado su cadáver, sugiere un simbolismo esclarecedor: sólo después de la muerte, apagada ya la inquietud vital y la esperanza biológica del querer *ser siempre* y *ser todo*, sólo entonces será posible el retorno a la esperanza teológica y a la añorada fe de la infancia, aquí recordada como el momento en que él confiesa que «sí creía en la vida perdurable». Don Manuel, pues, se niega en vida una fe de la que no quiere estar despojado después de muerto. De este modo, la inmortalidad que no confiesa rezando el *credo*, es la esperada irracionalmente para sí después de muerto. Se justifica así el lema inicial con el que Unamuno encabeza el relato: «Si sólo en esta vida esperamos en Cristo, somos los más miserables de los hombres todos».

Esa es la religión a la que se convierte Lázaro, que, por una parte, despierta de sus ilusiones racionalistas y progresistas, y, por otra, no acepta la religión de la apacible tradicionalidad. Heredero de Don Manuel, él querrá luego morir. ¿Por qué? No por abandonar la vida de entrega a sus conciudadanos, sino porque la predicación del cura le había inducido una esperanza inconfesable, pero esperanza cierta. Por eso termina Ángela confesando que ellos fueron «nuestros muertos de vida» y también «nuestros santos».

Sólo así, por parábolas, parece concluir Unamuno en el epílogo, podemos, no saber, sino sólo atisbar lo que signifique creer. Para ello hay que perder realidad, dejarse arrastrar por la fuerza simbólica del personaje y de la metafórica intuición del relato. Identificar la propia conciencia reclama capacidad para seguir la fuerza significativa del símbolo: entonces descubriremos nuestra propia situación existencial. El personaje del relato se trueca, pues, en más real que nosotros mismos y que su propio autor, como Augusto Pérez confiesa en *Niebla* y como aquí recuerda Unamuno. Es él, el personaje —aquí nuestro Don Manuel— quien muestra la situación del hombre en la experiencia de la fe.

Por todo ello, a la pregunta ¿qué significa creer?, Unamuno no contesta y pide que atendamos a la parábola: creer es vivir en la tensión de conciencia que vivió Don Manuel, siempre entre el lago y la montaña, entre el Valverde real y el Valverde que, oculto bajo las aguas —según la leyenda—, en la noche de San Juan y estando libres de pecado, nos hace oír las campanas del anegado torreón de su iglesia.

SAN MANUEL BUENO, MÁRTIR

PRÓLOGO

En 1920 reuní en un volumen mis tres novelas cortas o cuentos largos: *Dos madres, El marqués de Lumbría y Nada menos que todo un hombre*, publicadas antes en revistas, bajo el título común de *Tres novelas ejemplares y un prólogo*. Éste, el prólogo, era también, como allí decía, otra novela. Novela y no *nivola*. Y ahora recojo aquí tres nuevas novelas bajo el título de la primera de ellas, ya publicadas en *La Novela de Hoy*, número 461 y último de la publicación, correspondiente al día 13 de marzo de 1931 —estos detalles los doy para la insaciable casta de los bibliógrafos—, y que se titulaba: *San Manuel Bueno, mártir*. En cuanto a las otras dos: *La Novela de Don Sandalio, jugador de ajedrez, y Un pobre hombre rico o El sentimiento cómico de la vida*, aunque destinadas en mi intención primero para publicaciones periódicas —lo que es económicamente más provechoso para el autor—, las he ido guardando en espera de turno, y al fin me decido a publicarlas aquí, sacándolas de la inedición. Aparecen, pues, éstas bajo el patronato de la primera, que ha obtenido ya cierto éxito.

En efecto, en *La Nación*, de Buenos Aires, y algo más tarde en *El Sol*, de Madrid, número del 3 de diciembre de 1931 —nuevos datos para bibliógrafos—, Gregorio Marañón, publicó un artículo sobre mi *San Manuel Bueno, mártir*, asegurando que ella, esta novelita, ha de ser una de mis obras más leídas y gustadas en adelante como una de las más características de mi producción toda novelesca. Y quien dice novelesca —agrego yo— dice filosófica y teológica. Y así como él pienso yo, que tengo la conciencia de haber puesto en ella todo mi sentimiento trágico de la vida cotidiana.

Luego hacía Marañón unas brevísimas consideraciones sobre la desnudez de la parte puramente material en mis relatos. Y es que creo que dando el espíritu de la carne, del hueso, de la roca, del agua, de la nube, de todo lo demás visible, se da la verdadera e íntima realidad, dejándole al lector que la revista en su fantasía.

Es la ventaja que lleva el teatro. Como mi novela *Nada menos que todo un hombre*, escenificada luego por Julio de Hoyos bajo el título de *Todo un hombre*, la escribí ya en vista del tablado teatral, me ahorré todas aquellas descripciones del físico de los personajes, de los aposentos y de los paisajes, que deben quedar al cuidado de actores, escenógrafos y tramoyistas. Lo que no quiere decir, ¡claro está!, que los personajes de la novela o del drama escrito no sean tan de carne y hueso como los actores mismos, y que el ámbito de su acción no sea tan natural y tan concreto y tan real como la decoración de un escenario.

Escenario hay en *San Manuel Bueno, mártir*, sugerido por el maravilloso y tan sugestivo lago de San Martín de la Castañeda, en Sanabria, al pie de las ruinas de un convento de Bernardos y donde vive la leyenda de una ciudad, Valverde de Lucerna, que yace en el fondo de las aguas del lago[1]. Y voy a estampar aquí dos poesías que escribí a raíz de haber visitado por primera vez ese lago el día primero de junio de 1930. La primera dice:[2]

> San Martín de la Castañeda,
> espejo de soledades,
> el lago recoge edades
> de antes del hombre y se queda
> soñando en la santa calma
> del cielo de las alturas
> en que se sume en honduras

---

[1] La leyenda de la ciudad sumergida es recogida por la canción de gesta francesa de Anseïs de Cartago, con el nombre de Luiserne. La tradición oral de Valverde de Lucerna persiste todavía hoy por la región sanabresa. (cf. Luis L. Cortés, «La leyenda del Lago de Sanabria», *Rev. de Dialectología*, 1948, IV, 94-114).

[2] Escribe Unamuno estos versos en el «Libro de Oro» del Lago de Sanabria, que se conserva en la Hospedería de Ribadelago.

de anegarse, ¡pobre!, el alma...
Men Rodríguez, aguilucho
de Sanabria, el ala rota,
ya el cotarro no alborota
para cobrarse el conducho.
Campanario sumergido
De Valverde de Lucerna,
toque de agonía eterna
bajo el caudal del olvido.
La historia paró, al sendero
de San Bernardo la vida
retorna, y todo se olvida
lo que no fuera primero.

Y la segunda, ya de rima más artificiosa, decía
y dice así:

¡Ay Valverde de Lucerna,
hez del lago de Sanabria!,
no hay leyenda que dé cabria
de sacarte a luz moderna.
Se queja en vano tu bronce
en la noche de San Juan,
tus hornos dieron su pan,
la historia se está en su gonce.
Servir de pasto a las truchas
es, aun muerto, amargo trago;
se muere Riba de Lago,
orilla de nuestras luchas.

En efecto, la trágica y miserabilísima aldea de
Riba de Lago, a la orilla del de San Martín de la
Castañeda, agoniza y cabe decir que se está muriendo. Es de una desolación tan grande como la
de las alquerías, ya famosas, de las Jurdes. En

aquellos pobrísimos tugurios, casuchas de armazón de madera recubierto de adobes y barro, se hacina un pueblo al que ni le es permitido pescar las ricas truchas en que abunda el lago y sobre las que una supuesta señora creía haber heredado el monopolio que tenían los monjes Bernardos de San Martín de la Castañeda.

Esta otra aldea, la de San Martín de la Castañeda, con las ruinas del humilde monasterio, agoniza también junto al lago, algo elevada sobre su orilla. Pero ni Riba de Lago, ni San Martín de la Castañeda, ni Galande, el otro pobladillo más cercano al Lago de Sanabria —este otro mejor acomodado—, ninguno de los tres puede ser ni fue el modelo de mi Valverde de Lucerna[3]. El escenario de la obra de mi Don Manuel Bueno y de Angelina y Lázaro Carballino supone un desarrollo mayor de vida pública, por pobre y humilde que ésta sea, que la vida de esas pobrísimas y humildísimas aldeas. Lo que no quiere decir, ¡claro está!, que yo suponga que en éstas no haya habido y aún haya vidas individuales muy íntimas e intensas, ni tragedias de conciencia.

Y en cuanto al fondo de la tragedia de los tres protagonistas de mi novelita no creo poder ni deber agregar nada al relato mismo de ella. Ni

---

[3] Como el propio Unamuno dice, Valverde de Lucerna no es un pueblo real. Tan real es, por tanto, el sumergido Valverde como aquel que sirve de escenario al relato de San Manuel.

siquiera he querido añadirle algo que recordé después de haberlo compuesto —y casi de un solo tirón—, y es que al preguntarle en París una dama acongojada de escrúpulos religiosos a un famoso y muy agudo abate si creía en el infierno y responderle éste: «Señora, soy sacerdote de la Santa Iglesia Católica Apostólica Romana, y usted sabe que en ésta la existencia del infierno es verdad dogmática o de fe», la dama insistió en «Pero usted, monseñor, ¿cree en ello?», y el abate, por fin: «¿Pero por qué se preocupa usted tanto, señora, de si hay o no infierno, si no hay nadie en él...?» No sabemos que la dama le añadiera esta otra pregunta: «Y en el cielo, ¿hay alguien?»

Y ahora, tratando de narrar la oscura y dolorosa congoja cotidiana que atormenta al espíritu de la carne y al espíritu del hueso de hombres y mujeres de carne y hueso espirituales, ¿iba a entretenerme en la tan hacedera tarea de describir revestimientos pasajeros y de puro viso? Aquí lo de Francisco Manuel de Melo[4] en su *Historia de los movimientos, separación y guerra de Cataluña en tiempo de Felipe IV, y política militar*, donde dice: «He deseado mostrar sus ánimos, no los vestidos de seda, lana y pieles, sobre que tanto se desveló un historiador grande de estos años, estimado en el mundo.» Y el colosal Tucídides,

---

[4] Historiador y escritor portugués del siglo XVII, que escribió también en castellano.

dechado de historiadores, desdeñando esos realismos aseguraba haber querido escribir «una cosa para siempre, más que una pieza de certamen que se oiga de momento». ¡Para siempre!

Pero voy más lejos aún, y es que no tan sólo importan poco para una novela, para una verdadera novela, para la tragedia o la comedia de unas almas, las fisonomías, el vestuario, los gestos materiales, el ámbito material, sino que tampoco importa mucho lo que suele llamarse el argumento de ella. Y es lo que creo haber puesto de manifiesto en *La Novela de Don Sandalio, jugador de ajedrez*. Claro está que esta novela sin argumento no puede llevarse a la pantalla del cinematógrafo; pero ésta creo que es su mayor y mejor excelencia. Porque así como estimo que los mejores versos líricos no pueden llevarse a la lira, no son cantables, y que la música no hace sino estropear su recitado, de modo que como hay romanzas sin palabras hay romances sin romanza, así también estimo que los mejores y más íntimos dramas no son peliculables, y que el que escriba en vista de la pantalla ha de padecer mucho por ello. Mi Don Sandalio está libre de ella, de la pantalla, me figuro.

Don Sandalio es un personaje visto desde fuera, cuya vida interior se nos escapa, que acaso no la tiene; es un personaje que no monologa como tantos otros personajes novelescos o nivolescos —para este término véase mi *Niebla*—, pero que aun así no cabe en la pantalla. En la que no se pueden proyectar, como suele hacerse, sus ensueños, sus monólogos.

¿Monólogos? Lo que así se llama suelen ser monodiálogos, diálogos que sostiene uno con los otros que son, por dentro, él, con los otros que componen esa sociedad de individuos que es la conciencia de cada individuo. Y ese monodiálogo es la vida interior que en cierto modo niegan los llamados en América *behavioristas*, los filósofos de la conducta, para los que la conciencia es el misterio inasequible o lo inconocible.

¿Pero es que mi Don Sandalio no tiene vida interior, no tiene conciencia, o sea con-saber de sí mismo, es que no monodialoga? ¿Pues qué es una partida de ajedrez sino un monodiálogo, un diálogo que el jugador mantiene con su compañero y competidor de juego? Y aún más, ¿no es un diálogo y hasta una controversia que mantienen entre sí las piezas todas del tablero, las negras y las blancas?

Véase, pues, cómo mi Don Sandalio tiene vida interior, tiene monodiálogo, tiene conciencia. Sin que a ello empezca el que su hija, su hija misteriosa para el observador de fuera, fuese como otro alfil, otra torre u otra reina.

Y como en el epílogo a esa novela he dicho ya cuanto a este respecto había que decir, no es cosa de que ahora recalque sobre ello, no sea que alguien se figure que cuando he escrito novelas ha sido para revestir disquisiciones psicológicas, filosóficas o metafísicas. Lo que después de todo no sería sino hacer lo que han hecho todos los novelistas dignos de este nombre, a sabiendas o no de ello. Todo relato tiene su sentido trascendente, tiene su filosofía, y nadie cuenta nada sin otra finalidad que contar. Que contar nada, quiero decir. Porque no hay realidad sin idealidad.

Y si alguien dijera que en este relato de la vida de Don Sandalio me he puesto o, mejor, me he entrometido y entremetido yo más que en otros relatos —¡y no es poco!—, le diré que mi propósito era entrometerle y entremeterle al lector en él, hacer que se dé cuenta de que no se goza de un personaje novelesco sino cuando se le hace propio, cuando se consiente que el mundo de la ficción forme parte del mundo de la permanente realidad íntima. Por lo menos, de la realidad terráquea.

¿«*Terráquea*? —dirá el lector—. ¿Y eso?» Pues que hay una porción de nombres, sustantivos y adjetivos, a los que hay que libertar de su confinamiento. Así, por ejemplo, de *tierra*, derivan los adjetivos *térreo*, *terroso*, *terreno*, *terrenal*, *terrestre* y *terráqueo*, pero éste queda confinado al globo —el globo terráqueo—. Y si lo aplicamos a otro sustantivo haremos que el lector pare mientes en ambos. Será como una llamada de atención o acaso una piedra de escándalo o tropiezo. Un adjetivo convexo, así como en la gramática arábiga se nos habla de verbos cóncavos.

Sólo haciendo el lector, como hizo antes el

autor, propios los personajes que llamamos de ficción, haciendo que formen parte del pequeño mundo —el microcosmo— que es su conciencia, vivirá en ellos y por ellos. ¿No vive acaso Dios, la Conciencia Universal, en el gran mundo —el macrocosmo—, en el Universo que al soñarlo crea? ¿Y qué es la historia humana sino un sueño de Dios? Por lo cual yo, a semejanza de aquella sentencia medieval francesa de *Gesta Dei per francos*, o sea «Hechos de Dios por medio de los francos», forjé esta obra de *Somnia Dei per hispanos*, «Sueños de Dios por medio de los hispanos». Que los que vivimos la sentencia calderoniana de que «la vida es sueño» sentimos también la shakespeariana de que estamos hechos de la estofa misma de los sueños, que somos un sueño de Dios y que nuestra historia es la que por nosotros Dios sueña. Nuestra historia y nuestra leyenda y nuestra épica y nuestra tragedia y nuestra comedia y nuestra novela, que en uno se funden y confunden los que respiran aire espiritual en nuestras obras de imaginación, y nosotros, que respiramos aire natural en la obra de la imaginación, del ensueño de Dios. Y no queremos pensar en que se despierte. Aunque, bien considerado, el despertarse es dejar de dormir, pero no de soñar, y de soñarse. Lo peor sería que Dios se durmiese a dormir sin soñar, a envolverse en la nada.

Y queda *Un pobre hombre rico o El sentimien-*

to cómico de la vida. ¿Por qué le puse este segundo miembro, este estrambote, a su propio título? No sabría decirlo a ciencia cierta. Desde luego, acordándome de la obra que me ha valido más prestigio —*praestigia*, en latín, quiere decir engaño, ilusión —entre los hombres de espíritu serio y reflexivo, o sea religioso. ¿Es que yo suponía que esta novelita iba a ser como el sainete que sigue a la tragedia, o como una juguetona raza de sol al salir de una caverna lúgubre y lóbrega? ¡Qué sé yo...!

Hace unos años esparció por Madrid Eusebio Blasco un sucedido con un dicharacho que se hizo proverbial en gracia a su gracejo. Y fue que contó que en una reunión de familias de Granada, la dueña de la casa, al dirigirse a un caballero, empezó: «Dígame... Pero, antes: ¿se llama usted Sainz Pardo, o Sanz Pardo, o Sáez de Pardo?» A lo que el aludido respondió: «Es igual, señora; la cuestión es pasar el rato.» Y más tarde agregué yo esta sentencia: «...sin adquirir compromisos serios», redondeándola así.

¡La cuestión es pasar el rato! Etimológicamente, el rato es el *rapto*, el arrebato. Y la cuestión es pasar el arrebato, pero sin dejarse arrebatar por él, sin adquirir compromiso serio, sin comprometerse. De otro modo le llamamos a esto matar el tiempo. Y matar el tiempo es la esencia acaso de lo cómico, lo mismo que la esencia de lo trágico es matar la eternidad.

El sentimiento más cómico, y sobre todo en

amor —o lo que lo valga—, es el de no comprometerse. Lo que lleva a los mayores compromisos. Así como hay un cómico fatal, trágico, en las
señoras de incierta edad, presas de la menopausia,
que no pueden ya comprometerse.

Lo mismo en mi obra *El sentimiento trágico
de la vida* que en *La agonía del cristianismo*, el
cogollo humano lo forma la cuestión de la maternidad y la paternidad, de la perpetuidad de la
especie humana, y en esta novelita vuelve en otra
forma, y sin que yo me lo hubiese propuesto, al
escribirla, sino que me he dado cuenta de ello
después de escrita, vuelve la misma eterna y temporal cuestión. ¿Y es que el hombre y con él su
mujer se dan a propagarse para conservarse, o se
dan a conservarse para propagarse? Y no quiero
sacar aquí a colación al profeta puritano Malthus.

Si a alguien le pareciera mal que junte en un
tomo a *San Manuel Bueno* con *Un pobre hombre
rico*, póngase a reflexionar y verá qué íntimas
profundas relaciones unen al hombre que com-
prometió toda su vida a la salud eterna de sus
prójimos, renunciando a reproducirse, y al que
no quiso comprometerse, sino ahorrarse.

Si me dejase llevar de mi afición a las digresio-
nes más o menos pertinentes —la cuestión es
hacer pasar el rato al lector sin comprometerle
demasiado la atención—, me daría a rebuscar por
qué a los personajes de esta mi novelita les llamé
como les llamé y no de otro modo, por qué a

Rosita Rosita, y no Angustias, Tránsito —esto es: muerte—, Dolores —Lolita— o Soledad —Solita—, o tal vez Amparito, Socorrito o Consuelito —Chelito—, o Remedita, diminutivo de Remedios, nombres tan significativos y alusivos. Pero esta digresión me llevaría demasiado lejos, enredándome en no sé qué ringlera de conceptismo que tanto se me puede echar en cara.

¡Conceptismo! He de confesar, ¡por Quevedo!, que en esta novelita he procurado contar las cosas a la pata la llana, pero no he podido esquivar ciertos conceptismos y hasta juego de palabras con que distraer unas veces y atraer otras la atención del lector. Porque el conceptismo es muy útil, lector desatento. Y te lo voy a explicar.

Tengo imaginado hace tiempo haber de escribir un tratado de *la razón y el ser,* en el que trate de la razón de ser, la razón de no ser, la sinrazón de ser y la sinrazón de no ser —no te estoy tomando el pelo con camelos—, y en el cual exponga todos los más corrientes y molientes lugares comunes en otra forma que aquella en que son consabidos, y con el sano propósito de renovarlos. Pues hace ya bastantes años que escandalicé a los que entonces redactaban un semanario de la ramplonería que se titulaba *Gedeón,* por decir que repensar los lugares comunes es el mejor medio de librarse de su maleficio, sentencia que le pareció no sé si un camelo, una paradoja o un embolismo a Navarro Ledesma. Pues bien:

para los lectores gedeónicos he de escribir mi *La razón y el ser*.

Si, pongo por caso, llegase a escribir en ese mi tratado, *intringulisizando*, como me dice un amigo, que «la razón de no ser hoy la monarquía en España no presupone la sinrazón de serlo cuando lo fue en tantos entonces», lo haría para que al tropezar el lector adrede atento, no el gedeónico, en este mi hacer frases y lugares propios —o apropiados— no fuera a dormirse en la rodea de las frases hechas y los lugares comunes. Que si eso no sería sino decir lo que ya tantas veces se ha dicho en otras formas, en una forma nueva, en reforma de expresión, serviría para lograr la conformidad del lector antes desatento.

Leyendo el *Criticón* del P. Baltasar Gracián, S. J., me ha irritado su afán por los juegos de palabras y los retruécanos; pero después me he dado a pensar que el famoso diálogo *Parménides*, del divino Platón, no es en gran parte más que un enorme —esto es: fuera de norma— retruécano metafísico. Y se me ha contagiado no poco de nuestro Gracián. Así él dice una vez que no hay que tomar a pechos lo que se puede echar a espaldas, a lo que pongo esta nota marginal: «Desde que sentí el espaldarazo de Dios, haciéndome su caballero, no son las espaldas, sino los pechos los que debo tener guardados, y no encojerme de ellos, sino ir de avance.»

Y basta, pues no vaya el lector, en vista de estas

intringulisadas explicaciones, a creer que la novelita de que aquí trato se escribiese para otra cosa
que para divertirle. Para divertirle y no para convertirle. ¡Como si por otra parte, no fuese poca
conversión una distracción! Y aquí permítame el
lector —¡no lo volveré a hacer en este prólogo!—
otra digresión o diversión lingüística, y es que el
participio latino *diversus*, de *divertere*, verter de
lado, apartar una corriente, viene nuestro *divieso*
—como de *traversus* viene travieso, y de *adversus*
avieso—, y que no pocas diversiones nos traen y
nos resultan diviesos más o menos malignos. Pero
no quiero, lector, serte tan avieso, no ser tan
travieso que te llene de diviesos este escrito.

¿Juego de palabras? Sin duda que pueden ser
peligrosos, pero no tanto como los juegos de
manos, que suelen ser peligrosísimos. Por algo se
dijo lo de «juegos de manos, juegos de villanos».
¿Y los de palabras? En el *Cantar del mío Cid*,
Per Vermúdez le arguye a Ferrando, uno de los
infantes de Carrión y yerno de Rodrigo Díaz de
Vivar, diciéndole (versos 3326 y 3327):

> ¡E eres fermoso, mas mal varragán!
> Lengua sin manos, ¿cuemo osas fablar?

«Lengua sin manos, ¿cómo te atreves a hablar?» Y Celedonio Ibáñez, el de esta mi novelita
—o nivoleta—, le decía una vez a Emeterio Alfonso, su protagonista, comentando este venera-
ble texto de nuestro primer vagido poético cas-

tellano, así: «Sí, malo será que una lengua sin manos ose hablar, pero es peor acaso que unas manos sin lengua se atrevan a obrar. ¡Manos sin lengua! ¿Te das cuenta, Emeterio, de lo que esto significa?» Y aquí Celedonio sonreía socarronamente para socarrar los escrúpulos de Emeterio. Aunque, por mi parte, me doy cuenta de que no son lo mismo juegos de palabras que juegos de lengua, aunque no pocas veces aquéllos conduzcan a éstos.

Y ahora se le presentará a algún lector descontentadizo esta cuestión: ¿por qué he reunido en un volumen, haciéndoles correr la misma suerte, a tres novelas de tan distinta, al parecer, inspiración? ¿Qué me ha hecho juntarlas?

Desde luego que fueron concebidas, gestadas y paridas sucesivamente y sin apenas intervalos, casi en una ventregada. ¿Habría algún fondo común que las emparentara?, ¿me hallaría yo en algún estado de ánimo especial? Poniéndome a pensar, claro que a redromano o *a posteriori*, en ello, he creído darme cuenta de que tanto a Don Manuel Bueno y a Lázaro Carballino como a Don Sandalio el ajedrecista y al corresponsal de Felipe que cuenta su novela y, por otra parte, no tan sólo a Emeterio Alfonso y a Celedonio Ibáñez, sino a la misma Rosita, lo que les atosigaba era el pavoroso problema de la personalidad, si uno es lo que es y seguirá siendo lo que es.

Claro está que no obedece a un estado de

ánimo especial en que me hallara al escribir, en poco más de dos meses, estas tres novelitas, sino que es un estado de ánimo general en que me encuentro, puedo decir que desde que empecé a escribir. Ese problema, esa congoja, mejor, de la conciencia de la propia personalidad —congoja unas veces trágica y otras cómica— es el que me ha inspirado para casi todos mis personajes de ficción. Don Manuel Bueno busca, al ir a morirse, fundir —o sea salvar— su personalidad en la de su pueblo; Don Sandalio recata su personalidad misteriosa, y en cuanto al pobre hombre Emeterio se la quiere reservar, ahorrativamente, para sí mismo, y al fin sirve a los fines de otra personalidad.

¿Y no es, en el fondo, este congojoso y glorioso problema de la personalidad el que guía en su empresa a Don Quijote, el que dijo lo de «¡yo sé quién soy!» y quiso salvarla en alas de la fama imperecedera? ¿Y no es un problema de personalidad el que acongojó al príncipe Segismundo, haciéndole soñarse príncipe en el sueño de la vida?

Precisamente ahora, cuando estoy componiendo este prólogo, he acabado de leer la obra *O lo uno o lo otro (Enten-Eller)* de mi favorito Sören Kierkegaard[5], obra cuya lectura dejé interrumpi-

---

[5] Unamuno tiene contacto importante con la obra de Kierkegaard a partir de 1900, cuando ya están fraguadas sus convicciones más profundas. (cf. nuestro Prólogo).

da hace unos años —antes de mi destierro—, y en la sección de ella que se titula «Equilibrio entre lo estético y lo ético en el desarrollo de la personalidad» me he encontrado con un pasaje que me ha herido vivamente y que viene como estrobo al tolete[6] para sujetar el remo —aquí pluma— con que estoy remando en este escrito. Dice así el pasaje:

Sería la más completa burla al mundo si el que habría expuesto la más profunda verdad no hubiera sido un soñador, sino un dudador. Y no es impensable que nadie pueda exponer la verdad positiva tan excelentemente como un dudador; sólo que éste no la cree. Si fuera un impostor, su burla sería suya; pero si fuera un dudador que deseara creer lo que expusiese, su burla sería ya enteramente objetiva; la existencia se burlaría por medio de él; expondría una doctrina que podría esclarecerlo todo, en que podría descansar todo el mundo; pero esa doctrina no podría aclarar nada a su propio autor. Si un hombre fuera precisamente tan avisado que pudiese ocultar que estaba loco, podía volver loco al mundo entero.

Y no quiero aquí comentar ya más ni el martirio de Don Quijote ni el de Don Manuel Bueno, martirios quijotescos los dos.

---

[6] *Tolete*: palo corto fijado en la embarcación al que se enlaza el remo con un cabo o cuerda, llamado *estorbo*, en la jerga marinera.

Y adiós, lector, y hasta más encontrarnos, y quiera Él que te encuentres a ti mismo.

Madrid, 1932.

Había cerrado en intención este prólogo, dándole ya por concluido, cuando he aquí que del mal ordenado acervo de mis publicaciones periódicas, de mi archivo de escritos impresos, saca uno de mis familiares una novelita que tenía yo ya olvidada, y es la que con el título de *Una historia de amor** apareció en el número del 22 de diciembre de 1911 —hace ya cerca de veintidós años— de *El Cuento Semanal*.

Tan olvidada la tenía, que al reaparecer apenas recordaba sino alguno de los grabados que la ilustraban —como se dice—, y el nombre de la heroína; Liduvina. Y no he querido volver a leerla. ¿Para qué? Aunque, decidiendo, eso sí, que se agregue a las otras tres y forme con ellas este cuaterno de novelas cortas. Prefiero darla así a la prensa, sin revisarla, sin releerla, no sea que me dé por comentarla al cabo de más de veinte años. Y váyase a la prensa. Y ni siquiera he de corregir las pruebas.

Sólo hay un, al parecer, detalle, que no debo dejar pasar sin comentario, y es la selección que hice del nombre de la heroína de esa historia de amor que escribí a mis cuarenta y siete años,

---

* Esta breve novela no figura en el presente volumen.

nombre que es lo que de ella recordaba: Liduvina.

¡Liduvina! ¿Por qué me ha perseguido ese nombre, ya que a otra de mis figuras femeninas, a una de *Niebla*, le di el mismo? Y conste que no recuerdo a ninguna mujer que llevara ese nombre, y eso que no es tan raro en la región salmantina.

Hay desde luego un motivo lingüístico, y es que de Liduvina han hecho Ludivina, y luego, por lo que se llama etimología popular, Luzdivina. ¿Pero es que no hay una íntima relación, claro que inconsciente para el pueblo, entre Liduvina y Luzdivina?

El nombre de Liduvina viene de Santa Lidwine de Schiedam, aquella monjita holandesa cuya vida narró, uno de los últimos, Huysmans, pues que se prestaba a ciertas truculencias místicas —o mejor ascéticas— del converso literario. Aquella santita que vivió sufriendo en su macerado cuerpecillo, que pedía al Señor que le trasladara todos aquellos sufrimientos corporales que no pudiesen soportar otros fieles sin sentirse arrastrados a la desesperación o acaso a la blasfemia. Y cuando la pobrecita se vio en trance de muerte pidió que su carne se derritiese en grasa con que se alimentara la lámpara del santuario del Santísimo. Pidió derretirse de amor.

En uno de mis escritos periódicos le llamé a la santita holandesa almita de luciérnaga. De luciérnaga y no de estrella. Es en el cielo espiritual, no una estrella, sino una luciérnaga. Y es que la lumbrecita de la luciérnaga es luz más divina que la del Sol y la de cualquiera estrella. Pues en ser viviente como es la luciérnaga, creemos que su lucecita, perdida entre yerba, sirve al amor, al tiro de la pareja, tiene un para qué vital, mientras que la del Sol... Y si se nos dijere que esto es finalismo, teleología, diremos que la teleología es teología, que Dios no es un porqué, sino un para qué.

Cuenta la Biblia que cuando el profeta Elías, yendo por el desierto, se metió en una cueva del monte Horeb, se le llegó Jehová, pero no en el huracán que rompía los peñascos, ni en el terremoto que se le siguió, ni en el fuego, sino en un «susurro apacible y delicado». Y así Dios se nos revela mejor en la lucecita de la luciérnaga que no en la lumbre encegadora del Sol. El corazón tiene también su luz —me lo dice el lector, ese desconocido—, que sube a las niñas de los ojos, y éstos miran para ver y no para no ver —*invidere*—, no para envidiar, no para des-ver, no para aojar o hacer mal de ojo. Y hay quien al mirar así ilumina lo que mira, y lo admira. Por su parte —lector mío desconocido—, el ardor del seso se va a las manos y a los dedos de éstas y a las yemas de los dedos. Y es lo que llaman la acción para diferenciarla de la contemplación.

Como no he releído *Una historia de amor*, no recuerdo si la monjita de aquella novela tiene algo de la santita holandesa, de aquella alma de luciérnaga que pedía derretirse de amor en la lámpara del santuario dando luz divina. Quédese mi Liduvina de hace veintidós años como la engendré entonces.

Y ahora, basta ya de prólogo, que si me dejo llevar de él voy a dar en lo más peligroso, cual es ponerme a comentar los sucesos —que no hechos— políticos y sociales de esta España de 1933. ¡Atrás!, ¡atrás! Ésta sería otra novela, la novela de un prólogo que se parecería a mi *Cómo se hace una novela*, el más entrañado y dolorido relato que me haya brotado del hondón del alma, y que escribí en aquellos días de mi París, en 1925.

Adiós, pues, lector.

Madrid, marzo de 1933

> Si sólo en esta vida esperamos
> en Cristo, somos los más misera-
> bles de los hombres todos.
>
> (SAN PABLO, I Corintios, XV, 19) [7]

Ahora que el obispo de la diócesis de Renada [8], a la que pertenece esta mi querida aldea de Valverde [9] de Lucerna, anda, a lo que se dice, promoviendo el proceso para la beatificación de nuestro Don Manuel, o mejor San Manuel Bueno, que fue en ésta párroco, quiero dejar aquí consignado, a modo de confesión y sólo Dios sabe, que no yo, con qué destino, todo lo que sé

---

[7] Este lema substituyó al «Lloró Jesús» (Juan 11,35), tachado en el manuscrito original, que hace referencia a la muerte de Lázaro, amigo de Jesús. Este paisaje de S. Pablo tiene suma importancia para interpretar el relato: el Cristianismo se basa en la creencia en la inmortalidad, garantizada por la resurrección de Cristo. Pero aquí radica, a su vez, la dificultad de la creencia. Unamuno comenta el mismo pasaje reiteradamente, sobre todo en *Del sentimiento trágico de la vida,* cap. III, y en *La agonía del Cristianismo,* cap. III.

[8] Nombre de lugar imaginario, usado también en otros relatos de Unamuno (*Nada menos que todo un hombre* y otros).

[9] Como ya hemos dicho, lugar imaginario tomado de la leyenda oral de la región sanabresa, posiblemente de origen francés y llegada a España a través de las peregrinaciones a Santiago. Muestra del fondo romántico de Unamuno.

y recuerdo de aquel varón matriarcal que llenó toda la más entrañada vida de mi alma, que fue mi verdadero padre espiritual, el padre de mi espíritu, del mío, el de Ángela Carballino.

Al otro, a mi padre carnal y temporal, apenas si le conocí, pues se me murió siendo yo muy niña. Sé que había llegado de forastero a nuestra Valverde de Lucerna, que aquí arraigó al casarse aquí con mi madre. Trajo consigo unos cuantos libros, el *Quijote*, obras de teatro clásico, algunas novelas, historias, el *Bertoldo*[10] todo revuelto, y de esos libros, los únicos casi que había en toda la aldea, devoré yo ensueños siendo niña. Mi buena madre apenas si me contaba hechos o dichos de mi padre. Los de Don Manuel, a quien, como todo el pueblo, adoraba, de quien estaba enamorada —claro que castísimamente—, le habían borrado el recuerdo de los de su marido. A quien encomendaba a Dios, y fervorosamente, cada día al rezar el rosario.

De nuestro Don Manuel me acuerdo como si fuese de cosa de ayer, siendo yo niña, a mis diez años, antes de que me llevaran al Colegio de Religiosas de la ciudad catedralicia de Renada. Tendría él, nuestro santo, entonces unos treinta y siete años. Era alto, delgado, erguido, llevaba

---

[10] Obra de Guilio Cesare della Croce (muerto en 1620) traducida en 1745, reiteradamente divulgada en el siglo XIX y prototipo de literatura ligera y moralizante.

la cabeza como nuestra Peña del Buitre lleva su cresta, y había en sus ojos toda la hondura azul de nuestro lago[11]. Se llevaba las miradas de todos, y tras ellas, los corazones, y él al mirarnos parecía, traspasando la carne como un cristal, mirarnos al corazón. Todos le queríamos, pero sobre todo los niños. ¡Qué cosas nos decía! Eran cosas[12], no palabras. Empezaba el pueblo a olerle la santidad; se sentía lleno y embriagado de su aroma.

Entonces fue cuando mi hermano Lázaro, que estaba en América, de donde nos mandaba regularmente dinero con que vivíamos en decorosa holgura, hizo que mi madre me mandase al Colegio de Religiosas, a que se completara fuera de la aldea mi educación, y esto aunque a él, a Lázaro, no le hiciesen mucha gracia las monjas. «Pero como ahí —nos escribía— no hay hasta ahora, que yo sepa, colegios laicos y progresivos, y menos para señoritas, hay que atenerse a los que haya. Lo importante es que Angelita se pula y que no siga entre zafias aldeanas». Y entré en el Colegio, pensando en un principio hacerme en

---

[11] Importante simbolismo: Don Manuel es síntesis de la altura y del abismo. El lago y la montaña son los elementos entre los que se establece la tensión del relato parabólico.

[12] La reificación de la palabra induce valor y peso en el mensaje de D. Manuel. Las alusiones a su «voz» son por ello frecuentes.

él maestra, pero luego se me atragantó la pedagogía.

En el Colegio conocí a niñas de la ciudad e intimé con algunas de ellas. Pero seguía atenta a las cosas y a las gentes de nuestra aldea, de la que recibía frecuentes noticias y tal vez alguna visita. Y hasta al Colegio llegaba la fama de nuestro párroco, de quien empezaba a hablarse en la ciudad episcopal. Las monjas no hacían sino interrogarme respecto a él.

Desde muy niña alimenté, no sé bien cómo, curiosidades, preocupaciones e inquietudes debidas, en parte al menos, a aquel revoltijo de libros de mi padre, y todo ello se me medró en el Colegio, en el trato, sobre todo con una compañera que se me aficionó desmedidamente y que unas veces me proponía que entrásemos juntas a la vez en un mismo convento, jurándonos, y hasta firmando el juramento con nuestra sangre, hermandad perpetua, y otras veces me hablaba, con los ojos semicerrados, de novios y de aventuras matrimoniales. Por cierto que no he vuelto a saber de ella ni de su suerte. Y eso que cuando se hablaba de nuestro Don Manuel, o cuando mi madre me decía algo de él en sus cartas —y era en casi todas—, que yo leía a mi amiga, ésta exclamaba como en arrobo: «¡Qué suerte, chica, la de poder vivir cerca de un santo así, de un santo vivo, de carne y hueso, y poder besarle la mano!

Cuando vuelvas a tu pueblo escríbeme mucho, mucho y cuéntame de él.»

Pasé en el Colegio unos cinco años, que ahora se me pierden como un sueño de madrugada en la lejanía del recuerdo, y a los quince volví a mi Valverde de Lucerna. Ya toda ella era Don Manuel; Don Manuel con el lago y con la montaña. Llegué ansiosa de conocerle, de ponerme bajo su protección, de que él me marcara el sendero de mi vida.

Decíase que había entrado en el Seminario para hacerse cura, con el fin de atender a los hijos de una hermana recién viuda, de servirles de padre; que en el Seminario se había distinguido por su agudeza mental y su talento y que había rechazado ofertas de brillante carrera eclesiástica porque él no quería ser sino de su Valverde de Lucerna, de su aldea perdida como un broche entre el lago y la montaña que se mira en él.

¡Y cómo quería a los suyos! Su vida era arreglar matrimonios desavenidos, reducir a sus padres hijos indómitos o reducir los padres a sus hijos, y sobre todo consolar a los amargados y atediados y ayudar a todos a bien morir.

Me acuerdo, entre otras cosas, de que al volver de la ciudad la desgraciada hija de la tía Rabona, que se había perdido y volvió, soltera y desahuciada, trayendo un hijito consigo, Don Manuel no paró hasta que hizo que se casase con ella un antiguo novio, Perote, y reconociese como suya a la criaturita, diciéndole:

—Mira, da padre a este pobre crío que no le tiene más que en el cielo.

—¡Pero, Don Manuel, si no es mía la culpa...!

—¡Quién lo sabe, hijo, quién lo sabe...!, y sobre todo no se trata de culpa.[13]

Y hoy el pobre Perote, inválido, paralítico, tiene como báculo y consuelo de su vida al hijo aquel que, contagiado de la santidad de Don Manuel, reconoció por suyo no siéndolo.

En la noche de San Juan, la más breve del año, solían y suelen acudir a nuestro lago todas las pobres mujerucas, y no pocos hombrecillos, que se creen poseídos, endemoniados, y que parece no son sino histéricos y a las veces epilépticos, y Don Manuel emprendió la tarea de hacer él de lago, de piscina probática[14], y tratar de aliviarles y si era posible de curarles. Y era tal la acción de su presencia, de sus miradas, y tal sobre todo la dulcísima autoridad de sus palabras y sobre todo de su voz —¡qué milagro de voz!—, que consi-

---

[13] Invitación a una visión interior de los actos humanos.

[14] La piscina probática se hallaba al noroeste del Templo, cerca de la *puerta de las ovejas*, (*Probática*). Alimentada por un manantial intermitente de aguas termales a las que San Juan (v, 1-9) atribuye virtud curativa. A su vera Cristo cura a un paralítico. Todo el pasaje unamuniano evoca este contexto iniciando aquí una analogía entre la vida de Cristo y la de D. Manuel.

guió curaciones sorprendentes. Con lo que creció su fama, que atraía a nuestro lago y a él a todos los enfermos del contorno. Y alguna vez llegó una madre pidiéndole que hiciese un milagro en su hijo, a lo que contestó sonriendo tristemente:

—No tengo licencia del señor obispo para hacer milagros.

Le preocupaba, sobre todo, que anduviesen todos limpios. Si alguno llevaba un roto en su vestidura, le decía: «Anda a ver al sacristán, y que te remiende eso». El sacristán era sastre. Y cuando el día primero de año iban a felicitarle por ser el de su santo —su santo patrono era el mismo Jesús Nuestro Señor—, quería Don Manuel que todos se le presentasen con camisa nueva, y al que no la tenía se la regalaba él mismo.

Por todos mostraba el mismo afecto, y si a algunos distinguía más con él era a los más desgraciados y a los que aparecían como más díscolos. Y como hubiera en el pueblo un pobre idiota de nacimiento, Blasillo el bobo, a éste es a quien más acariciaba y hasta llegó a enseñarle cosas que parecía milagro que las hubiese podido aprender. Y es que el pequeño rescoldo de inteligencia que aún quedaba en el bobo se le encendía en imitar, como un pobre mono, a su Don Manuel.

Su maravilla era la voz, una voz divina, que hacía llorar. Cuando al oficiar en misa mayor o solemne entonaba el prefacio, estremecíase la iglesia y todos los que le oían sentíanse conmo-

71

vidos en sus entrañas. Su canto, saliendo del templo, iba a quedarse dormido sobre el lago y al pie de la montaña. Y cuando en el sermón de Viernes Santo clamaba aquello de: «¡Dios mío, Dios mío!, ¿por qué me has abandonado?»[15], pasaba por el pueblo todo un temblor hondo como por sobre las aguas del lago en días de cierzo de hostigo. Y era como si oyesen a Nuestro Señor Jesucristo mismo, como si la voz brotara de aquel viejo crucifijo a cuyos pies tantas generaciones de madres habían depositado sus congojas. Como que una vez, al oírlo su madre, la de Don Manuel, no pudo contenerse, y desde el suelo del templo, en que se sentaba, gritó: «¡Hijo mío!» Y fue un chaparrón de lágrimas entre todos. Creeríase que el grito maternal había brotado de la boca entreabierta de aquella Dolorosa —el corazón traspasado por siete espadas— que había en una de las capillas del templo. Luego Blasillo el tonto iba repitiendo en tono patético por las callejas, y como en eco, el «¡Dios mío, Dios mío!, ¿por qué

---

[15] Grito de Cristo en la cruz, antes de expirar (Mateo XXVII, 46; Marcos, XV, 34). Es usualmente interpretado como expresión de la incomprensión y el desamparo que Cristo, en cuanto hombre que era, experimentó ante su muerte, con la que se cumplió el designio redentor de Dios Padre. Es la clave para comprender la tensión existencial de Don Manuel ante las exigencias de la creencia (Ver nuestro Prólogo). El fondo de toda la reflexión unamuniana sobre la fe tiene como sustento esta concepción agónica (combativa) de la conciencia que quiere creer.

me has abandonado?», y de tal manera que al oírselo se les saltaban a todos las lágrimas, con gran regocijo del bobo por su triunfo imitativo[16].

Su acción sobre las gentes era tal que nadie se atrevía a mentir ante él, y todos, sin tener que ir al confesonario, se le confesaban. A tal punto que como hubiese una vez ocurrido un repugnante crimen en una aldea próxima, el juez, un insensato que conocía mal a Don Manuel, le llamó y le dijo:

—A ver si usted, Don Manuel, consigue que este bandido declare la verdad.

—¿Para que luego pueda castigársele? —replicó el santo varón—. No, señor juez, no; yo no saco a nadie una verdad que le lleve acaso a la muerte. Allá entre él y Dios... La justicia humana no me concierne. «No juzguéis para no ser juzgados», dijo Nuestro Señor.

—Pero es que yo, señor cura...

—Comprendido; dé usted, señor juez, al César lo que es del César, que yo daré a Dios lo que es de Dios.

Y al salir, mirando fijamente al presunto reo, le dijo:

—Mira bien si Dios te ha perdonado, que es lo único que importa.

En el pueblo todos acudían a misa, aunque sólo fuese por oírle y por verle en el altar, donde

---

[16] En el Prólogo aludimos al simbolismo de Blasillo.

parecía transfigurarse, encendiéndosele el rostro.
Había un santo ejercicio que introdujo en el culto
popular, y es que, reuniendo en el templo a todo
el pueblo, hombres y mujeres, viejos y niños,
unas mil personas, recitábamos al unísono, en una
sola voz, el Credo; «Creo en Dios Padre Todo-
poderoso, Criador del Cielo y de la Tierra...» y
lo que sigue. Y no era un coro, sino una sola voz,
una voz simple y unida, fundidas todas en una y
haciendo como una montaña, cuya cumbre, perdida a las veces en nubes, era Don Manuel. Y al
llegar a lo de «creo en la resurrección de la carne
y la vida perdurable» la voz de Don Manuel se
zambullía, como en un lago, en la del pueblo
todo, y era que él se callaba[17]. Y yo oía las campanadas de la villa que se dice aquí que está sumergida en el lecho del lago —campanadas que
se dice también se oyen la noche de San Juan—
y eran las de la villa sumergida en el lago espiritual de nuestro pueblo; oía la voz de nuestros
muertos que en nosotros resucitaban en la comunión de los santos. Después, al llegar a conocer
el secreto de nuestro santo, he comprendido que
era como si una caravana en marcha por el desierto, desfallecido el caudillo al acercarse al tér-

---

[17] El sentido impersonal y colectivista de la fe popular
se quiebra y se replantea radicalmente ante el lector con el
silencio de Don Manuel, estableciendo así, en el seno mismo
de la profesión de fe (el *Credo*), la tensión, aquí simbolizada
por la cumbre y el lago.

mino de su carrera, le tomaran en hombros los suyos para meter su cuerpo sin vida en la tierra de promisión.[18]

Los más no querían morirse sino cogidos de su mano como de un ancla.

Jamás en sus sermones se ponía a declamar contra impíos, masones, liberales o herejes. ¿Para qué, si no los había en la aldea? Ni menos contra la mala prensa. En cambio, uno de los más frecuentes temas de sus sermones era contra la mala lengua. Porque él lo disculpaba todo y a todos disculpaba. No quería creer en la mala intención de nadie.[19]

—La envidia —gustaba repetir— la mantienen los que se empeñan en creerse envidiados, y las más de las persecuciones son efecto más de la manía persecutoria que no de la perseguidora.

—Pero fíjese, Don Manuel, en lo que me ha querido decir...

Y él:

—No debe importarnos tanto lo que uno quiera decir como lo que diga sin querer...[20]

Su vida era activa y no contemplativa, huyendo

---

[18] Alusión a la muerte de Moisés (*Deuteronomio 34, 1-6*). *Su cuerpo, sin embargo, no fue llevado a la tierra prometida.*

[19] Para Unamuno el ámbito de «la verdad» es la conciencia personal.

[20] El ser precede al pensar y al decir (*Del sentimiento trágico de la vida*). El fondo «nouménico» (inconsciente) es lo más importante de la personalidad.

cuanto podía de no tener nada que hacer. Cuando oía eso de que la ociosidad es la madre de todos los vicios, contestaba: «Y del peor de todos, que es el pensar ocioso». Y como yo le preguntara una vez qué es lo que con eso quería decir, me contestó: «Pensar ocioso es pensar para no hacer nada o pensar demasiado en lo que se ha hecho y no en lo que hay que hacer. A lo hecho pecho, y a otra cosa, que no hay peor que remordimiento sin enmienda.» ¡Hacer!, ¡hacer! Bien comprendí yo ya desde entonces que Don Manuel huía de pensar ocioso y a solas, que algún pensamiento le perseguía[21].

Así es que estaba siempre ocupado, y no pocas veces en inventar ocupaciones. Escribía muy poco para sí, de tal modo que apenas nos ha dejado escritos o notas; mas, en cambio, hacía de memorialista para los demás, y a las madres, sobre todo, les redactaba las cartas para sus hijos ausentes.

Trabajaba también manualmente, ayudando con sus brazos a ciertas labores del pueblo. En la temporada de trilla íbase a la era a trillar y aventar, y en tanto, les aleccionaba o les distraía. Sustituía a las veces a algún enfermo en su tarea. Un día del más crudo invierno se encontró con un niño, muertito de frío, a quien su padre le enviaba

---

[21] Actitud de rechazo ante su propio fondo «nouméni-:o», alejándose de las actitudes meditativas o introspectivas.

a recoger una res a larga distancia, en el monte.

—Mira —le dijo al niño—, vuélvete a casa, a calentarte, y dile a tu padre que yo voy a hacer el encargo.

Y al volver con la res se encontró con el padre, todo confuso, que iba a su encuentro. En invierno partía leña para los pobres. Cuando se secó aquel magnífico nogal —«un nogal matriarcal» le llamaba—, a cuya sombra había jugado de niño y con cuyas nueces se había durante tantos años regalado, pidió el tronco, se lo llevó a su casa y después de labrar en él seis tablas, que guardaba al pie de su lecho, hizo del resto leña para calentar a los pobres[22]. Solía hacer también las pelotas para que jugaran los mozos y no pocos juguetes para los niños.

Solía acompañar al médico en su visita y recalcaba las prescripciones de éste. Se interesaba sobre todo en los embarazos y en la crianza de los niños, y estimaba como una de las mayores blasfemias aquello de: «¡teta y gloria!» y lo otro de: «angelitos al cielo». Le conmovía profundamente la muerte de los niños.

—Un niño que nace muerto o que se muere recién nacido y un suicidio —me dijo una vez—

---

[22] «Matriarcal» lo atribuye también a las encinas castellanas. Símbolo de recia y durable maternidad. Importante simbolismo: entre las tablas de nogal, aquí evocación de las vivencias infantiles, será enterrado Don Manuel. (Nota 52)

son para mí de los más terribles misterios: ¡un niño en cruz![23].

Y como una vez, por haberse quitado uno la vida, le preguntara el padre del suicida, un forastero, si le daría tierra sagrada, le contestó:

—Seguramente, pues en el último momento, en el segundo de la agonía, se arrepintió sin duda alguna.

Iba también a menudo a la escuela a ayudar al maestro, a enseñar con él, y no sólo el catecismo. Y es que huía de la ociosidad y de la soledad. De tal modo que por estar con el pueblo, y sobre todo con el mocerío y la chiquillería, solía ir al baile. Y más de una vez se puso en él a tocar el tamboril para que los mozos y las mozas bailasen, y esto, que en otro hubiera parecido grotesca profanación del sacerdocio, en él tomaba un sagrado carácter y como de rito religioso. Sonaba el *Ángelus*, dejaba el tamboril y el palillo, se descubría y todos con él, y rezaba: «El ángel del Señor anunció a María: Ave María...» y luego; «Y ahora, a descansar para mañana.»

—Lo primero —decía— es que el pueblo esté contento, que estén todos contentos de vivir. El contentamiento de vivir es lo primero de todo. Nadie debe querer morirse hasta que Dios quiera.

---

[23] Ambas situaciones son difícilmente racionalizables, lo que se agrava para el creyente que reconoce a Dios como sumo bien. El tema del suicidio aparecerá más adelante. Aquí se inicia el simbolismo de la contradicción vida-muerte.

—Pues yo sí —le dijo una vez una recién viuda—, yo quiero seguir a mi marido...

—¿Y para qué? —le respondió—. Quédate aquí para encomendar su alma a Dios.

En una boda dijo una vez: «¡Ay, si pudiese cambiar el agua toda de nuestro lago en vino, en un vinillo que por mucho que de él se bebiera alegrara siempre sin emborracharse nunca... o por lo menos con una borrachera alegre!»[24]

Una vez pasó por el pueblo una banda de pobres titiriteros. El jefe de ella, que llegó con la mujer gravemente enferma y embarazada, y con tres hijos que le ayudaban, hacía de payaso. Mientras él estaba en la plaza del pueblo haciendo reír a los niños y aun a los grandes, ella, sintiéndose de pronto gravemente indispuesta, se tuvo que retirar, y se retiró escoltada por una mirada de congoja del payaso y una risotada de los niños. Y escoltada por Don Manuel, que luego, en un rincón de la cuadra de la posada, la ayudó a bien morir[25]. Y cuando, acabada la fiesta, supo el pueblo y supo el payaso la tragedia, fuéronse todos a la posada y el pobre hombre, diciendo con llanto en la voz: «Bien se dice, señor cura, que es

---

[24] Alusión al milagro de Cristo en las bodas de Caná (Juan, II, 1-5).

[25] Importante simbolismo: en la fiesta de la vida aparece la muerte. El pasaje recuerda la Introducción del *Así habló Zaratrusta*, de Nietzsche. Allí es el festivo volatinero quien cae y se mata.

usted todo un santo», se acercó a éste queriendo tomarle la mano para besársela, pero Don Manuel se adelantó, y tomándosela al payaso, pronunció ante todos:

—El santo eres tú, honrado payaso; te vi trabajar y comprendí que no sólo lo haces para dar pan a tus hijos, sino también para dar alegría a los de los otros, y yo te digo que tu mujer, la madre de tus hijos, a quien he despedido a Dios mientras trabajabas y alegrabas, descansa en el Señor, y que tú irás a juntarte con ella y a que te paguen riendo los ángeles a los que haces reír en el cielo de contento.

Y todos, niños y grandes, lloraban, y lloraban tanto de pena como de un misterioso contento en que la pena se ahogaba. Y más tarde, recordando aquel solemne rato, he comprendido que la alegría imperturbable de Don Manuel era la forma temporal y terrena de una infinita y eterna tristeza que con heroica santidad recataba a los ojos y los oídos de los demás.

Con aquella su constante actividad, con aquel mezclarse en las tareas y las diversiones de todos, parecía querer huir de sí mismo, querer huir de su soledad.[26] «Le temo a la soledad», repetía. Mas, aun así, de vez en cuando se iba solo, orilla

---

[26] Nuevamente se reitera el rechazo a entrar en sí mismo, en lo que *realmente* es.

del lago, a las ruinas de aquella vieja abadía donde aún parecen reposar las almas de los piadosos cistercienses a quienes ha sepultado en el olvido la Historia. Allí está la celda del llamado Padre Capitán, y en sus paredes se dice que aún quedan señales de las gotas de sangre con que las salpicó al mortificarse. ¿Qué pensaría allí nuestro Don Manuel? Lo que sí recuerdo es que como una vez, hablando de la abadía, le preguntase yo cómo era que no se le había ocurrido ir al claustro, me contestó:

—No es sobre todo porque tenga, como tengo, mi hermana viuda y mis sobrinos a quienes sostener, que Dios ayuda a sus pobres, sino porque yo no nací para ermitaño, para anacoreta; la soledad me mataría el alma, y en cuanto a un monasterio, mi monasterio es Valverde de Lucerna. Yo no debo vivir solo; yo no debo morir solo. Debo vivir para mi pueblo, morir para mi pueblo. ¿Cómo voy a salvar mi alma si no salvo la de mi pueblo?

—Pero es que ha habido santos ermitaños, solitarios... —le dije.

—Sí, a ellos les dio el Señor la gracia de soledad que a mí me ha negado, y tengo que resignarme. Yo no puedo perder a mi pueblo para ganarme el alma. Así me ha hecho Dios. Yo no podría soportar las tentaciones del desierto. Yo

81

no podría llevar solo la cruz del nacimiento.[27]

He querido con estos recuerdos de los que vive mi fe, retratar a nuestro Don Manuel tal como era cuando yo, mocita de cerca de dieciséis años, volví del Colegio de Religiosas de Renada a nuestro monaterio de Valverde de Lucerna. Y volví a ponerme a los pies de su abad.

—¡Hola, la hija de la Simona —me dijo en cuanto me vio—, y hecha ya toda una moza, y sabiendo francés, y bordar y tocar el piano y qué sé yo qué más! Ahora a prepararte para darnos otra familia. Y tu hermano Lázaro, ¿cuándo vuelve? Sigue en el Nuevo Mundo, ¿no es así?

—Sí, señor, sigue en América...

—¡El Nuevo Mundo! Y nosotros en el Viejo. Pues bueno, cuando le escribas, dile de mi parte, de parte del cura, que estoy deseando saber cuándo vuelve del Nuevo Mundo a este Viejo, trayéndonos las novedades de por allá. Y dile que encontrará al lago y a la montaña como los dejó[28].

Cuando me fui a confesar con él mi turbación era tanta que no acertaba a articular palabra. Recé

---

[27] Evocación del «pavoroso problema de la personalidad», preocupación principal de los personajes unamunianos.

[28] La contradicción simbólica lago-montaña es lo inmutable y permanente que Don Manuel quiere que Ángela comunique a su hermano («Y dile...»). Ni lo viejo ni las novedades son ajenas a la permanencia de la contradicción.

el «yo pecadora» balbuciendo, casi sollozando. Y él, que lo observó, me dijo:

—Pero ¿qué te pasa, corderilla? ¿De qué o de quién tienes miedo? Porque tú no tiemblas ahora al peso de tus pecados ni por temor de Dios, no; tú tiemblas de mí, ¿no es eso?

Me eché a llorar.

—Pero ¿qué es lo que te han dicho de mí? ¿Qué leyendas son ésas? ¿Acaso tu madre? Vamos, vamos, cálmate y haz cuenta de que estás hablando con tu hermano...

Me animé y empecé a confiarle mis inquietudes, mis dudas, mis tristezas.

—¡Bah, bah, bah! ¿Y dónde has leído eso, marisabidilla? Todo eso es literatura. No te des demasiado a ella, ni siquiera a Santa Teresa. Y si quieres distraerte lee el *Bertoldo*, que leía tu padre.

Salí de aquella mi primera confesión con el santo hombre profundamente consolada. Y aquel mi temor primero, aquel más que respeto miedo, con que me acerqué a él, trocose en una lástima profunda. Era yo entonces una mocita, una niña casi; pero empezaba a ser mujer, sentía en mis entrañas el jugo de la maternidad, y al encontrarme en el confesonario junto al santo varón, sentí como una callada confesión suya en el susurro sumiso de su voz y recordé cómo cuando el clamar él en la iglesia las palabras de Jesucristo: «¡Dios mío, Dios mío!, ¿por qué me has abandonado?», su madre, la de Don Manuel, respondió desde el suelo: «¡Hijo mío!», y oí este grito que desgarraba la quietud del templo. Y volví a confesarme con él para consolarle[29].

Una vez que en el confesonario le expuse una de aquellas dudas, me contestó:

—A eso, ya sabes, lo del Catecismo: «eso no me lo preguntéis a mí, que soy ignorante; doctores tiene la Santa Madre Iglesia que os sabrán responder.»

—¡Pero si el doctor aquí es usted, Don Manuel...!

—¿Yo, yo doctor?, ¿doctor yo? ¡Ni por pienso! Yo, doctorcilla, no soy más que un pobre cura de aldea. Y esas preguntas, ¿sabes quién te las insinúa, quién te las dirige? Pues... ¡el demonio!

Y entonces, envalentonándome, le espeté a boca de jarro:

—¿Y si se las dirigiese a usted, Don Manuel?

—¿A quién?, ¿a mí? ¿Y el demonio? No nos conocemos, hija, no nos conocemos.

—¿Y si se las dirigiera?

—No le haría caso. Y basta, ¿eh?, despachemos, que me están esperando unos enfermos de verdad.

---

[29] Tras haber presentado el «exterior» de Don Manuel (su vida, su trato, etc.) Ángela, a través del recurso a la confesión, comienza a mostrar el «interior» del personaje, quien aquí se profesa incapaz para racionalizar las verdades de la fe.

Me retiré, pensando, no sé qué por qué, que nuestro Don Manuel, tan afamado curandero de endemoniadas, no creía en el demonio. Y al irme hacia mi casa topé con Blasillo el bobo, que acaso rondaba el templo, y que al verme, para agasajarme con sus habilidades, repitió —¡y de qué modo!— lo de «¡Dios mío, Dios mío!, ¿por qué me has abandonado?» Llegué a casa acongojadísima y me encerré en mi cuarto para llorar, hasta que llegó mi madre.

—Me parece, Angelita, con tantas confesiones, que tú te me vas a ir monja.

—No lo tema, madre —le contesté—, pues tengo harto que hacer aquí, en el pueblo, que es mi convento.

—Hasta que te cases.

—No pienso en ello —le repliqué.

Y otra vez que me encontré con Don Manuel, le pregunté, mirándole derechamente a los ojos:

—¿Es que hay infierno, Don Manuel?

Y él, sin inmutarse:

—¿Para ti, hija? No.

—¿Para los otros, lo hay?

—¿Y a ti qué te importa, si no has de ir a él?

—Me importa por los otros. ¿Lo hay?

—Cree en el cielo, en el cielo que vemos. Míralo —y me lo mostraba sobre la montaña y abajo, reflejado en el lago.

—Pero hay que creer en el infierno, como en el cielo —le repliqué.

—Sí, hay que creer todo lo que cree y enseña a creer la Santa Madre Iglesia Católica Apostólica Romana. ¡Y basta!

Leí no sé qué honda tristeza en sus ojos, azules como las aguas del lago[30].

Aquellos años pasaron como un sueño. La imagen de Don Manuel iba creciendo en mí sin que yo de ello me diese cuenta, pues era un varón tan cotidiano, tan de cada día como el pan que a diario pedimos en el padrenuestro. Yo le ayudaba cuando podía en sus menesteres, visitaba a sus enfermos, a nuestros enfermos, a las niñas de la escuela, arreglaba el ropero de la iglesia, le hacía, como me llamaba él, de diaconisa. Fui unos días invitada por una compañera de colegio, a la ciudad, y tuve que volverme, pues en la ciudad me ahogaba, me faltaba algo, sentía sed de la vista de las aguas del lago, hambre de la vista de las peñas de la montaña; sentía, sobre todo, la falta de mi Don Manuel y como si su ausencia me llamara, como si corriese un peligro lejos de mí, como si me necesitara. Empezaba yo a sentir una especie de afecto maternal hacia mi padre espiritual; quería aliviarle del peso de su cruz del nacimiento.

Así fui llegando a mis veinticuatro años, que

---

[30] Don Manuel vive la tragedia de no poder reducir a la lógica de la razón y no poder experimentar vitalmente las verdades de la fe. Aquí aparece tal experiencia simbolizada por la reiterada evocación del lago y la montaña.

es cuando volvió de América, con un caudalillo ahorrado, mi hermano Lázaro. Llegó acá, a Valverde de Lucerna, con el propósito de llevarnos a mí y a nuestra madre a vivir a la ciudad, acaso a Madrid.

—En la aldea —decía—, se entontece, se embrutece y se empobrece uno.

Y añadía:

—Civilización es lo contrario de ruralización; ¡aldeanerías no!, que no hice que fueras al Colegio para que te pudras luego aquí, entre estos zafios patanes.

Yo callaba, aun dispuesta a resistir la emigración; pero nuestra madre, que pasaba ya de la sesentena, se opuso desde un principio. «¡A mi edad, cambiar de aguas!», dijo primero; mas luego dio a conocer claramente que ella no podría vivir fuera de la vista de su lago, de su montaña, y sobre todo de su Don Manuel.

—¡Sois como las gatas, que os apegáis a la casa! —repetía mi hermano.

Cuando se percató de todo el imperio que sobre el pueblo todo y en especial sobre nosotras, sobre mi madre y sobre mí, ejercía el santo varón evangélico, se irritó contra éste. Le pareció un ejemplo de la oscura teocracia en que él suponía hundida a España. Y empezó a borbotar sin descanso todos los viejos lugares comunes anticlericales y hasta antirreligiosos y progresistas que

87

había traído renovados del Nuevo Mundo[31].

—En esta España de calzonazos —decía— los curas manejan a las mujeres y las mujeres a los hombres..., ¡y luego el campo!, ¡el campo!, este campo feudal...

Para él feudal era un término pavoroso; feudal y medieval eran los dos calificativos que prodigaba cuando quería condenar algo.

Le desconcertaba el ningún efecto que sobre nosotras hacían sus diatribas y el casi ningún efecto que hacían en el pueblo, donde se le oía con respetuosa indiferencia. «A estos patanes no hay quien les conmueva». Pero como era bueno por ser inteligente, pronto se dio cuenta de la clase de imperio que Don Manuel ejercía sobre el pueblo, pronto se enteró de la obra del cura de su aldea.

—¡No, no es como los otros —decía—, es un santo!

—Pero ¿tú sabes cómo son los otros curas? —le decía yo, y él:

—Me lo figuro.

Mas aun así ni entraba en la iglesia ni dejaba de hacer alarde en todas partes de su incredulidad,

---

[31] En esta primera aparición, Lázaro es la encarnación simbólica del racionalismo simplificador que pasa por alto las aspiraciones más profundas y emotivas del alma humana, desconociendo el trabajo de la conciencia que pretende legitimar sus intuiciones, por problemáticas que estas sean. De este simplismo modernizante es del que Unamuno se convierte tras sus entusiasmos juveniles.

aunque procurando siempre dejar a salvo a Don Manuel. Y ya en el pueblo se fue formando, no sé cómo, una expectativa, la de una especie de duelo entre mi hermano Lázaro y Don Manuel, o más bien se esperaba la conversión de aquél por éste. Nadie dudaba de que al cabo el párroco le llevaría a su parroquia. Lázaro, por su parte, ardía en deseos —me lo dijo luego— de ir a oír a Don Manuel, de verle y oírle en la iglesia, de acercarse a él y con él conversar, de conocer el secreto de aquel su imperio espiritual sobre las almas. Y se hacía de rogar para ello, hasta que al fin, por curiosidad —decía—, fue a oírle.

—Sí, esto es otra cosa —me dijo luego de haberle oído—; no es como los otros, pero a mí no me la da; es demasiado inteligente para creer todo lo que tiene que enseñar.

—Pero ¿es que le crees un hipócrita? —le dije.

—¡Hipócrita... no!, pero es el oficio del que tiene que vivir.

En cuanto a mí, mi hermano se empeñaba en que yo leyese de libros que él trajo y de otros que me incitaba a comprar.

—Conque, ¿tu hermano Lázaro —me decía Don Manuel— se empeña en que leas? Pues lee, hija mía, lee y dale así gusto. Sé que no has de leer sino cosa buena; lee aunque sea novelas. No son mejores las historias que llaman verdaderas. Vale más que leas que no el que te alimentes de chismes y comadrerías del pueblo. Pero lee sobre todo libros de piedad que te den contento de vivir, un contento apacible y silencioso.

¿Le tenía él?

Por entonces enfermó de muerte y se nos murió nuestra madre, y en sus últimos días todo su hipo era que Don Manuel convirtiese a Lázaro, a quien esperaba volver a ver un día en el cielo, en un rincón de las estrellas desde donde se viese el lago y la montaña de Valverde de Lucerna. Ella se iba ya, a ver a Dios.

—Usted no se va —le decía Don Manuel—, usted se queda. Su cuerpo aquí, en esta tierra, y su alma también aquí en esta casa, viendo y oyendo a sus hijos, aunque éstos no le vean ni le oigan.

—Pero yo, padre —dijo—, voy a Dios.

—Dios, hija mía, está aquí como en todas partes, y le verá usted desde aquí, desde aquí. Y a todos nosotros en Él, y a Él en nosotros[32].

—Dios se lo pague —le dije.

—El contento con que tu madre se muera —me dijo— será su eterna vida.

Y volviéndose a mi hermano Lázaro:

—Su cielo es seguir viéndote, y ahora es cuan-

---

[32] Pasaje que recuerda la formulación romántica de la experiencia religiosa, entendida como sentimiento del infinito en el seno de la conciencia personal. Es, quizá, influencia de Schleiermacher al que Unamuno cita en varias ocasiones.

do hay que salvarla. Dile que rezarás por ella.

—Pero...

—¿Pero...? Dile que rezarás por ella, a quien debes la vida, y sé que una vez que se lo prometas rezarás y sé que luego que reces...

Mi hermano, acercándose, arrasados sus ojos en lágrimas, a nuestra madre, agonizante, le prometió solemnemente rezar por ella.

—Y yo en el cielo por ti, por vosotros —respondió mi madre, y besando el crucifijo y puestos sus ojos en los de Don Manuel, entregó su alma a Dios.

—«¡En tus manos encomiendo mi espíritu!» —rezó el santo varón[33].

Quedamos mi hermano y yo solos en la casa. Lo que pasó en la muerte de nuestra madre puso a Lázaro en relación con Don Manuel, que pareció descuidar algo a sus demás pacientes, a sus demás menesterosos, para atender a mi hermano. Íbanse por las tardes de paseo, orilla del lago, o hacia las ruinas, vestidas de hiedra, de la vieja abadía de cistercienses.

—Es un hombre maravilloso —me decía Lázaro—. Ya sabes que dicen que en el fondo de este lago hay una villa sumergida y que en la noche de San Juan, a las doce, se oyen las campanadas de su iglesia.

---

[33] Palabras de Cristo al expirar (Lucas, XXIII, 46).

—Sí —le contestaba yo—, una villa feudal y medieval...

—Y creo —añadía él— que en el fondo del alma de nuestro Don Manuel hay también sumergida, ahogada, una villa y que alguna vez se oyen sus campanadas[34].

—Sí —le dije—, esa villa sumergida en el alma de Don Manuel, ¿y por qué no también en la tuya?, es el cementerio de las almas de nuestros abuelos, los de esta nuestra Valverde de Lucerna... ¡feudal y medieval!

Acabó mi hermano por ir a misa siempre, a oír a Don Manuel, y cuando se dijo que cumpliría con la parroquia, que comulgaría cuando los demás comulgasen, recorrió un íntimo regocijo al pueblo todo, que creyó haberle recobrado. Pero fue un regocijo tal, tan limpio, que Lázaro no se sintió ni vencido ni disminuido.

Y llegó el día de su comunión, ante el pueblo todo, con el pueblo todo. Cuando llegó la vez a mi hermano pude ver que Don Manuel, tan blanco como la nieve de enero en la montaña y temblando como tiembla el lago cuando le hostiga el cierzo, se le acercó con la sagrada forma en la

---

[34] «¡Como le amaba! es la expresión del pueblo cuando Cristo llega a la tumba de Lázaro (Juan, XI, 36). El canto del gallo es la señal que siguió a las negaciones de Pedro (Lucas, XXII, 60), aquí símbolo de que Lázaro acaba de negar lo que todos creían que profesaba.

mano, y de tal modo le temblaba ésta al arrimarla a la boca de Lázaro que se le cayó la forma a tiempo que le daba un vahído. Y fue mi hermano mismo quien recogió la hostia y se la llevó a la boca. Y el pueblo al ver llorar a Don Manuel, lloró diciéndose: «¡Cómo le quiere!» Y entonces, pues era la madrugada, cantó un gallo.[35]

Al volver a casa y encerrarme en ella con mi hermano, le eché los brazos al cuello y besándole le dije:

—¡Ay Lázaro, Lázaro, qué alegría nos has dado a todos, a todos, a todo el pueblo, a todo, a los vivos y a los muertos y sobre todo a mamá, a nuestra madre! ¿Viste? El pobre Don Manuel lloraba de alegría. ¡Qué alegría nos has dado a todos!

—Por eso lo he hecho —me contestó.

—¿Por eso? ¿Por darnos alegría? Lo habrás hecho ante todo por ti mismo, por conversión.

Y entonces Lázaro, mi hermano, tan pálido y tan tembloroso como Don Manuel cuando le dio la comunión, me hizo sentarme en el sillón mismo donde solía sentarse nuestra madre, tomó huelgo, y luego, como en íntima confesión doméstica y familiar, me dijo:

—Mira, Angelita, ha llegado la hora de decirte la verdad, toda la verdad, y te la voy a decir,

---

[35] Nueva alusión al fondo «nouménico» de la personalidad, no racionalizable y donde Don Manuel *siente* la contracción fe-razón.

porque debo decírtela, porque a ti no puedo, no debo callártela y porque además habrías de adivinarla y a medias, que es lo peor, más tarde o más temprano.

Y entonces, serena y tranquilamente, a media voz, me contó una historia que me sumergió en un lago de tristeza. Cómo Don Manuel le había venido trabajando, sobre todo en aquellos paseos de a las ruinas de la vieja abadía cirterciense, para que no escandalizase, para que diese buen ejemplo, para que se incorporase a la vida religiosa del pueblo, para que fingiese creer si no creía, para que ocultase sus ideas al respecto, mas sin intentar siquiera catequizarle, convertirle de otra manera.

—Pero ¿es eso posible? —exclamé consternada.

—¡Y tan posible, hermana, y tan posible! Y cuando yo le decía: «¿Pero es usted, el sacerdote, el que me aconseja que finja?», él, balbuciente: «¿Fingir?. ¡fingir no!, ¡eso no es fingir! Toma agua bendita, que dijo alguien, y acabarás creyendo.» Y como yo, mirándole a los ojos, le dijese: «¿Y usted celebrando misa ha acabado por creer?», él bajó la mirada al lago y se le llenaron los ojos de lágrimas. Y así es cómo le arranqué su secreto.

—¡Lázaro! —gemí.

Y en aquel momento pasó por la calle Blasillo el bobo, clamando su: «¡Dios mío, Dios mío!, ¿por qué me has abandonado?» Y Lázaro se estremeció creyendo oír la voz de Don Manuel, acaso la de Nuestro Señor Jesucristo[36].

—Entonces —prosiguió mi hermano— comprendí sus móviles, y con esto comprendí su santidad; porque es un santo, hermana, todo un santo. No trataba al emprender ganarme para su santa causa —porque es una causa santa, santísima—, arrogarse un triunfo, sino que lo hacía por la paz, por la felicidad, por la ilusión si quieres, de los que le están encomendados; comprendí que si les engaña así —si es que esto es engaño— no es por medrar[37]. Me rendí a sus razones, y he aquí mi conversión. Y no me olvidaré jamás del día en que diciéndole yo: «Pero, Don Manuel, la verdad, la verdad ante todo», él, temblando, me susurró al oído —y eso que estábamos solos en medio del campo—: «¿La verdad? La verdad, Lázaro, es acaso algo terrible, algo intolerable, algo mortal; la gente sencilla no podría vivir con ella.» «¿Y por qué me la deja entrever ahora aquí,

---

[36] Antes de iniciarse la proclamación vitalista, Blasillo, inconsciente de su significado, introduce el contraste Dios-hombre, expresada en el abandono experimentado por Cristo.

[37] El vitalismo religioso, aquí evidente, se quiebra con la pregunta por la verdad: ésta es intolerable, mortal. Es así porque Don Manuel no es un simple y tranquilo incrédulo, sino un atormentado que no puede creer por las razones comunes y en cuyo interior anida la duda que turbia y entristece su vitalismo al no encontrar razones suficientes para creer de otro modo.

como en confesión?», le dije. Y él: «Porque si no, me atormentaría tanto, tanto, que acabaría gritándola en medio de la plaza, y eso jamás, jamás, jamás. Yo estoy para hacer vivir a las almas de mis feligreses, para hacerles felices, para hacerles que se sueñen inmortales y no para matarles. Lo que aquí hace falta es que vivan sanamente, que vivan en unanimidad de sentido, y con la verdad, con mi verdad, no vivirían. Que vivan. Y esto hace la Iglesia, hacerles vivir. ¿Religión verdadera? Todas las religiones son verderas en cuanto hacen vivir espiritualmente a los pueblos que las profesan, en cuanto les consuelen de haber tenido que nacer para morir, y para cada pueblo la religión más verdadera es la suya, la que le ha hecho. ¿Y la mía? La mía es consolarme en consolar a los demás, aunque el consuelo que les doy no sea el mío.» Jamás olvidaré estas sus palabras.

—¡Pero esa comunión tuya ha sido un sacrilegio! —me atreví a insinuar, arrepintiéndome al punto de haberlo insinuado.

—¿Sacrilegio? ¿Y él que me la dio? ¿Y sus misas?

—¡Qué martirio! —exclamé.

—Y ahora —añadió mi hermano— hay otro más para consolar al pueblo.

—¿Para engañarle? —dije.

—Para engañarle no —me replicó—, sino para corroborarle en su fe.

—Y él, el pueblo —dije—, ¿cree de veras?

—¡Qué sé yo...! Cree sin querer, por hábito, por tradición. Y lo que hace falta es no despertarle. Y que viva en su pobreza de sentimientos para que no adquiera torturas de lujo. ¡Bienaventurados los pobres de espíritu![38]

—Eso, hermano, lo has aprendido de Don Manuel. Y ahora, dime, ¿has cumplido aquello que le prometiste a nuestra madre cuando ella se nos iba a morir, aquello de que rezarías por ella?

—¡Pues no se lo había de cumplir! Pero ¿por quién me has tomado, hermana? ¿Me crees capaz de faltar a mi palabra, a una promesa solemne, y a una promesa hecha, y en el lecho de muerte, a una madre?

—¡Qué sé yo...! Pudiste querer engañarla para que muriese consolada.

—Es que si yo no hubiese cumplido la promesa viviría sin consuelo.

—¿Entonces?

—Cumplí la promesa y no he dejado de rezar ni un solo día por ella.

—¿Sólo por ella?

—Pues, ¿por quién más?

—¡Por ti mismo! Y de ahora en adelante, por Don Manuel.

Nos separamos para irnos cada uno a su cuar-

---

[38] El «Sermón de la montaña» al que aquí se alude (Mateo V, 3) es todo él un desafío a lo «razonable». Tampoco sería razonable plantear al pueblo la verdad que no puede entender, como sería problematizar la creencia.

to, yo a llorar toda la noche, y pedir por la conversión de mi hermano y de Don Manuel, y él, Lázaro, no sé bien a qué.

Después de aquel día temblaba yo de encontrarme a solas con Don Manuel, a quien seguía asistiendo en sus piadosos menesteres. Y él pareció percatarse de mi estado íntimo y adivinar su causa. Y cuando al fin me acerqué a él en el tribunal de la penitencia —¿quién era el juez y quién el reo?—, los dos, él y yo, doblamos en silencio la cabeza y nos pusimos a llorar. Y fue él, Don Manuel, quien rompió el tremendo silencio para decirme con voz que parecía salir de una huesa:[39]

—Pero tú, Angelita, tú crees como a los diez años, ¿no es así? ¿Tú crees?

—Sí creo, padre.

—Pues sigue creyendo. Y si se te ocurren dudas, cállatelas a ti misma. Hay que vivir...

Me atreví, y toda temblorosa le dije:

—Pero usted, padre, ¿cree usted?

Vaciló un momento y reponiéndose me dijo:

—¡Creo!

—¿Pero en qué, padre, en qué? ¿Cree usted en la otra vida?, ¿cree usted que al morir no nos morimos del todo?, ¿cree que volveremos a ver-

---

[39] *Huesa*: sepultura.

nos, a quererrnos en otro mundo venidero?, ¿cree en la otra vida?

El pobre santo sollozaba.

—¡Mira, hija, dejemos eso!

Y ahora, al escribir esta memoria, me digo: ¿Por qué no me engañó?, ¿por qué no me engañó entonces como engañaba a los demás? ¿Por qué se acongojó?, ¿porque no podía engañarse a sí mismo, o porque no podía engañarme? Y quiero creer que se acongojaba porque no podía engañarse para engañarme.

—Y ahora —añadió—, reza por mí, por tu hermano, por ti misma, por todos. Hay que vivir. Y hay que dar vida[40].

Y después de una pausa:

—¿Y por qué no te casas, Angelina?

—Ya sabe usted, padre mío, por qué.

—Pero no, no; tienes que casarte. Entre Lázaro y yo te buscaremos un novio. Porque a ti te conviene casarte para que se te curen esas preocupaciones.

—¿Preocupaciones, Don Manuel?

—Yo sé bien lo que me digo. Y no te acongojes demasiado por los demás, que harto tiene cada cual con tener que responder de sí mismo.

—¡Y que sea usted, Don Manuel, el que me diga eso!, ¡que sea usted el que me aconseje que

---

[40] Don Manuel solicita de Ángela la oración por todos; de ella que conocía su secreto. No se movía ni en la certeza de su incredulidad ni en la de la creencia.

me case para responder de mí y no acuitarme por los demás!, ¡que sea usted!

—Tienes razón, Angelina, no sé ya lo que me digo; no sé ya lo que me digo desde que estoy confesándome contigo. Y sí, sí, hay que vivir, hay que vivir[41].

Y cuando yo iba a levantarme para salir del templo, me dijo:

—Y ahora, Angelina, en nombre del pueblo, ¿me absuelves?

Me sentí como penetrada de un misterioso sacerdote y le dije:

—En nombre de Dios Padre, Hijo y Espíritu Santo, le absuelvo, padre.

Y salimos de la iglesia, y al salir se me estremecían las entrañas maternales.

Mi hermano, puesto ya del todo al servicio de la obra de Don Manuel, era su más asiduo colaborador y compañero. Les anudaba, además, el común secreto. Le acompañaba en sus visitas a los enfermos, a las escuelas, y ponía su dinero a disposición del santo varón. Y poco faltó para que no aprendiera a ayudarle a misa. E iba entrando cada vez más en el alma insondable de Don Manuel.

—¡Qué hombre! —me decía—. Mira, ayer, paseando a orillas del lago, me dijo: «He aquí mi

---

[41] El vitalismo invocado como refugio ante la duda.

tentación mayor». Y como yo le interrogase con la mirada, añadió: «Mi pobre padre, que murió de cerca de noventa años, se pasó la vida, según me lo confesó él mismo, torturado por la tentación del suicidio, que le venía no recordaba desde cuándo, *de nación*, decía, y defendiéndose de ella. Y esa defensa fue su vida. Para no sucumbir a tal tentación extremaba los cuidados por conservar la vida. Me contó escenas terribles. Me parecía como una locura. Y yo la he heredado. ¡Y cómo me llama esa agua que con su aparente quietud —la corriente va por dentro— espeja al cielo! ¡Mi vida, Lázaro, es una especie de suicidio continuo, un combate contra el suicidio, que es igual; pero que vivan ellos, que vivan los nuestros!» Y luego añadió: «Aquí se remansa el río en lago, para luego, bajando a la meseta, precipitarse en cascadas, saltos y torrenteras por las hoces y encañadas, junto a la ciudad, y así se remansa la vida aquí, en la aldea. Pero la tentación del suicidio es mayor aquí, junto al remanso que espeja de noche las estrellas, que no junto a las cascadas que dan miedo. Mira, Lázaro, he asistido a bien morir a pobres aldeanos, ignorantes, analfabetos que apenas si habían salido de la aldea, y he podido saber de sus labios, y cuando no adivinarlo, la verdadera causa de su enfermedad de muerte, y he podido mirar, allí, a la cabecera de su lecho de muerte, toda la negrura de la sima del tedio de vivir. ¡Mil veces peor que el hambre! Sigamos, pues, Lázaro, suicidándonos en nuestra obra y en nuestro pueblo y que sueñe éste su vida como el lago sueña el cielo.»

—Otra vez —me decía también mi hermano—, cuando volvíamos acá, vimos a una zagala, una cabrera[42], que enhiesta sobre un picacho de la falda de la montaña, a la vista del lago, estaba cantando con una voz más fresca que las aguas de éste. Don Manuel me detuvo, y señalándomela, dijo: «Mira, parece como si se hubiera acabado el tiempo, como si esa zagala hubiese estado ahí siempre, y como está, y cantando como está, y como si hubiera de seguir estando así siempre, como estuvo cuando no empezó mi conciencia, como estará cuando se me acabe. Esa zagala forma parte, con las rocas, las nubes, los árboles, las aguas, de la naturaleza y no de la historia.» ¡Cómo siente, cómo anima Don Manuel a la naturaleza! Nunca olvidaré el día de la nevada en que me dijo: «¿Has visto, Lázaro, misterio mayor que el de la nieve cayendo en el lago y muriendo en él mientras cubre con su toca a la montaña?»[43]

---

[42] La zagala símbolo de la espontaneidad natural, no problemática. La problematicidad viene de la conciencia que, por ello, es «una enfermedad» (*Del sentimiento trágico*, cap. I.).

[43] Importante simbolismo que introduce el interrogante sobre la contradicción *vida-muerte, destrucción-inmortalidad*. Contradicción no racionalizable, misteriosa. (Ver nota 63)

Don Manuel tenía que contener a mi hermano en su celo y en su inexperiencia de neófito. Y como supiese que éste andaba predicando contra ciertas supersticiones populares, hubo de decirle:

—¡Déjalos! ¡Es tan difícil hacerles comprender dónde acaba la creencia ortodoxa y dónde empieza la superstición! Y más para nosotros. Déjalos, pues, mientras se consuelen. Vale más que lo crean todo, aun cosas contradictorias entre sí, a no que no crean nada. Eso de que el que cree demasiado acaba por no creer nada, es cosa de protestantes. No protestemos. La protesta mata el contento.

Una noche de plenilunio —me contaba también mi hermano— volvían a la aldea por la orilla del lago, a cuya sobrehaz rizaba entonces la brisa montañesa y en el rizo cabrilleaban las razas de la luna llena, y Don Manuel le dijo a Lázaro:

—¡Mira, el agua está rezando la letanía y ahora dice: *ianua calei, ora pro nobis*, puerta del cielo, ruega por nosotros![44].

Y cayeron temblando de sus pestañas a la yerba del suelo dos huideras lágrimas en que también, como en rocío, se bañó temblorosa la lumbre de la luna llena.

E iba corriendo el tiempo y observábamos mi

---

[44] Las letanías se dirigen a la Virgen solicitando su intercesión. Invocada aquí como «puerta del cielo», expresa la acongojante situación de conciencia de Don Manuel.

hermano y yo que las fuerzas de Don Manuel empezaban a decaer, que ya no lograba contener del todo la insondable tristeza que le consumía, que acaso una enfermedad traidora le iba minando el cuerpo y el alma. Y Lázaro, acaso para distraerle más, le propuso si no estaría bien que fundasen en la iglesia algo así como un sindicato católico agrario.

—¿Sindicato? —respondió tristemente Don Manuel—. ¿Sindicato? ¿Y qué es eso? Yo no conozco más sindicato que la Iglesia, y ya sabes aquello de «mi reino no es de este mundo»[45]. Nuestro reino, Lázaro, no es de este mundo...

—¿Y del otro?

Don Manuel bajó la cabeza:

—El otro, Lázaro, está aquí también, porque hay dos reinos en este mundo. O mejor, el otro mundo... vamos, que no sé lo que me digo. Y en cuanto a eso del sindicato, es en ti un resabio de tu época de progresismo. No, Lázaro, no; la religión no es para resolver los conflictos económicos o políticos de este mundo que Dios entregó a las disputas de los hombres. Piensen los hombres y obren los hombres como pensaren y como obraren, que se consuelen de haber nacido, que vivan lo más contentos que puedan en la ilusión de que todo esto tiene una finalidad. Yo no he

---

[45] Palabras de Cristo a Pilatos (Juan XVIII, 36), aquí expresión de la insuficiencia de las soluciones materiales.

venido a someter los pobres a los ricos, ni a predicar a éstos que se sometan a aquéllos. Resignación y caridad en todos y para todos. Porque también el rico tiene que resignarse a su riqueza, y a la vida, y también el pobre tiene que tener caridad para con el rico. ¿Cuestión social? Deja eso, eso no nos concierne. Que traen una nueva sociedad, en que no haya ya ricos ni pobres, en que esté justamente repartida la riqueza, en que todo sea de todos, ¿y qué? ¿Y no crees que del bienestar general surgirá más fuerte el tedio a la vida? Sí, ya sé que uno de esos caudillos de la que llaman la revolución social ha dicho que la religión es el opio del pueblo[46]. Opio... Opio... Opio, sí. Démosle opio, y que duerma y que sueñe. Yo mismo con esta mi loca actividad me estoy administrando opio. Y no logro dormir bien y menos soñar bien... ¡Esta terrible pesadilla! Y yo también puedo decir con el Divino Maestro: «Mi alma está triste hasta la muerte.»[47] No, Lázaro, no; nada de sindicatos por nuestra parte. Si lo forman ellos me parecerá bien, pues que así se

---

[46] Es la opinión de Marx enunciada en la obra *En torno a la crítica de la filosofía del derecho de Hegel* (Introducción).

[47] Angustiosa exclamación de Cristo antes de iniciar su Pasión (Mateo XXVI, 38). Don Manuel se percata de la insuficiencia de su activo vitalismo.

distraen. Que jueguen al sindicato, si eso les contenta.

El pueblo todo observó que a Don Manuel le menguaban las fuerzas, que se fatigaba. Su voz misma, aquella voz que era un milagro, adquirió un cierto temblor íntimo. Se le asomaban las lágrimas con cualquier motivo. Y sobre todo cuando hablaba al pueblo del otro mundo, de la otra vida, tenía que detenerse a ratos cerrando los ojos. «Es que lo está viendo», decían. Y en aquellos momentos era Blasillo el bobo el que con más cuajo lloraba. Porque ya Blasillo lloraba más que reía, y hasta sus risas sonaban a lloros.

Al llegar la última Semana de Pasión que con nosotros, en nuestro mundo, en nuestra aldea celebró Don Manuel, el pueblo todo presintió el fin de la tragedia. ¡Y cómo sonó entonces aquel: «¡Dios mío, Dios mío!, ¿por qué me has abandonado?», el último que en público sollozó Don Manuel! Y cuando dijo lo del Divino Maestro al buen bandolero —«todos los bandoleros son buenos», solía decir nuestro Don Manuel—, aquello de: «mañana estarás conmigo en el paraíso».[48] ¡Y la última comunión general que repartió nuestro santo! Cuando llegó a dársela a mi hermano, esta vez con mano segura, después del litúrgico: *«... in vitam aeternam»* se le inclinó al

---

[48] Lucas XXIII, 43.

oído y le dijo: «No hay más vida eterna que ésta... que la sueñen eterna... eterna de unos pocos años...» Y cuando me la dio a mí me dijo: «Reza, hija mía, reza por nosotros.». Y luego, algo tan extraordinario que lo llevo en el corazón como el más grande misterio, y fue que me dijo con voz que parecía de otro mundo: «... y reza también por Nuestro Señor Jesucristo...»[49]

Me levanté sin fuerzas y como sonámbula. Y todo en torno me pareció un sueño. Y pensé: «Habré de rezar también por el lago y por la montaña.» Y luego: «¿Es que estaré endemoniada?» Y en casa ya, cojí el crucifijo con el cual en las manos había entregado a Dios su alma mi madre, y mirándolo a través de mis lágrimas y recordando el: «¡Dios mío, Dios mío!, ¿por qué me has abandonado?» de nuestros dos Cristos, el de esta tierra y el de esta aldea, recé, «hágase tu voluntad, así en la tierra como en el cielo», primero, y después: «y no nos dejes caer en la tentación, amén». Luego me volví a aquella imagen de la Dolorosa, con su corazón traspasado por siete espadas, que había sido el más doloroso consuelo de mi pobre madre, y recé: «Santa María, madre de Dios, ruega por nosotros, pecadores, ahora y en la hora de nuestra muerte, amén.» Y apenas lo había rezado cuando me dije: «¿pe-

---

[49] Don Manuel reitera la solicitud de oración, incluso por Jesucristo, que también desfalleció clamando a Dios por su abandono. (Ver nuestro *Prólogo*).

cadores?, ¿nosotros pecadores?, ¿y cuál es nuestro pecado, cuál?» Y anduve todo el día acongojada por esta pregunta.

Al día siguiente acudí a Don Manuel, que iba adquiriendo una solemnidad de religioso ocaso, y le dije:

—¿Recuerda, padre mío, cuando hace ya años, al dirigirle yo una pregunta me contestó: «Eso no me lo preguntéis a mí, que soy ignorante; doctores tiene la Santa Madre Iglesia que os sabrán responder»?

—¡Que si me acuerdo!... y me acuerdo que te dije que ésas eran preguntas que te dictaba el demonio.

—Pues bien, padre, hoy vuelvo yo, la endemoniada, a dirigirle otra pregunta que me dicta mi demonio de la guarda.

—Pregunta.

—Ayer, al darme de comulgar, me pidió que rezara por todos nosotros y hasta por...

—Bien, cállalo y sigue.

—Llegué a casa y me puse a rezar, y al llegar a aquello de «ruega por nosotros, pecadores, ahora y en la hora de nuestra muerte», una voz íntima me dijo: «¿pecadores?, ¿pecadores nosotros?, ¿cuál es nuestro pecado?» ¿Cuál es nuestro pecado, padre?

—¿Cuál? —me respondió—. Ya lo dijo un gran doctor de la Iglesia Católica Apostólica Española, ya lo dijo el gran doctor de *La vida es sueño*, ya dijo que «el delito mayor del hombre es haber nacido». Ése es, hija, nuestro pecado: el de haber nacido.[50]

—¿Y se cura, padre?

—¡Vete y vuelve a rezar! Vuelve a rezar por nosotros, pecadores, ahora y en la hora de nuestra muerte... Sí, al fin se cura el sueño..., al fin se cura la vida..., al fin se acaba la cruz del nacimiento... Y como dijo Calderón, el hacer bien, y el engañar bien, ni aun en sueños se pierde...

Y la hora de su muerte llegó por fin. Todo el pueblo la veía llegar. Y fue su más grande lección. No quiso morirse ni solo ni ocioso. Se murió predicando al pueblo, en el templo. Primero, antes de mandar que le llevasen a él, pues no podía ya moverse por la perlesía,[51] nos llamó a su casa a Lázaro y a mí. Y allí, los tres a solas, nos dijo:

—Oíd: cuidad de estas pobres ovejas, que se consuelen de vivir, que crean lo que yo no he podido creer. Y tú, Lázaro, cuando hayas de morir, muere como yo, como morirá nuestra Ángela, en el seno de la Santa Madre Católica Apostólica Romana, de la Santa Madre Iglesia de Valverde de Lucerna, bien entendido. Y hasta nunca más ver, pues se acaba este sueño de la vida...

—¡Padre, padre! —gemí yo.

—No te aflijas, Ángela, y sigue rezando por

---

[50] Asimila Unamuno la finitud con la culpabilidad ontológica, en la línea de Kierkegaard.
[51] *Perlesía: parálisis, debilidad muscular.*

todos los pecadores, por todos los nacidos. Y que sueñen, que sueñen. ¡Qué ganas tengo de dormir, dormir, dormir sin fin, dormir por toda una eternidad y sin soñar!, ¡olvidando el sueño! Cuando me entierren, que sea en una caja hecha con aquellas seis tablas que tallé del viejo nogal, ¡pobrecito!, a cuya sombra jugué de niño, cuando empezaba a soñar... ¡Y entonces sí que creía en la vida perdurable! Es decir, me figuro ahora que creía entonces. Para un niño creer no es más que soñar. Y para un pueblo. Esas seis tablas que tallé con mis propias manos, las encontraréis al pie de mi cama.[52]

Le dio un ahogo y, repuesto de él, prosiguió:

—Recordaréis que cuando rezábamos todos en uno, en unanimidad de sentido, hechos pueblo, el Credo, al llegar al final yo me callaba. Cuando los israelitas iban llegando al fin de su peregrinación por el desierto, el Señor les dijo a Aarón y a Moisés que por no haberle creído no meterían a su pueblo en la tierra prometida, y les hizo subir al monte de Hor, donde Moisés hizo desnudar a Aarón, que allí murió, y luego subió Moisés desde las llanuras de Moab al monte Nebo, a la cumbre del Fasga, enfrente de Jericó, y el Señor le mostró toda la tierra prometida a su pueblo, pero diciéndole a él: «¡No pasarás allá!» y allí

---

[52] Ver nota 22.

murió Moisés y nadie supo su sepultura[53]. Y dejó por caudillo a Josué. Sé tú, Lázaro, mi Josué[54], y si puedes detener el Sol, detenle, y no te importe del progreso. Como Moisés, he conocido al Señor, nuestro supremo en sueño, cara a cara, y ya sabes que dice la Escritura que el que le ve la cara a Dios, que el que le ve al sueño los ojos de la cara con que nos mira, se muere sin remedio y para siempre. Que no le vea, pues, la cara a Dios este nuestro pueblo mientras viva,[55], que después de muerto ya no hay cuidado, pues no verá nada...

—¡Padre, padre, padre! —volví a gemir...

Y él:

—Tú, Ángela, reza siempre, sigue rezando para que los pecadores todos sueñen hasta morir la resurrección de la carne y la vida perdurable...

Yo esperaba un «¿y quién sabe...?», cuando le dio otro ahogo a Don Manuel.

—Y ahora —añadió—, ahora, en la hora de mi muerte, es hora de que hagáis que se me lleve, en

---

[53] Alude al pasaje de *Deuteronomio XXXIV*, 4-6. Moisés muere en Moab, a la vista de la tierra de promisión. Encarnación del que lucha para sostener la fe de su pueblo, no recibe de Dios la satisfacción y la gracia de llegar al destino prometido.

[54] *Deuteronomio* XXXI, 1-8. Moisés elegie a Josué como sucesor suyo para conducir a Israel hasta la tierra prometida. En *Josué* X, 12 se relata la detención del Sol.

[55] *Exodo*, XXXIII, 20.

este mismo sillón, a la iglesia para despedirme de mi pueblo, que me espera.

Se le llevó a la iglesia y se le puso, en el sillón, en el presbiterio, al pie del altar. Tenía entre sus manos un crucifijo. Mi hermano y yo nos pusimos junto a él, pero fue Blasillo el bobo quien más se arrimó. Quería cojer de la mano a Don Manuel, besársela. Y como algunos trataran de impedírselo, Don Manuel les reprendió diciéndoles:

—Dejadle que se me acerque. Ven, Blasillo, dame la mano.

El bobo lloraba de alegría. Y luego Don Manuel dijo:

—Muy pocas palabras, hijos míos, pues apenas me siento con fuerzas sino para morir. Y nada nuevo tengo que deciros. Ya os lo dije todo. Vivid en paz y contentos y esperando que todos nos veamos un día, en la Valverde de Lucerna que hay allí, entre las estrellas de la noche que se reflejan en el lago, sobre la montaña. Y rezad, rezad a María Santísima, rezad a Nuestro Señor. Sed buenos, que esto basta. Perdonadme el mal que haya podido haceros sin quererlo y sin saberlo. Y ahora, después de que os dé mi bendición, rezad todos a una el Padrenuestro, el Ave María, la Salve, y por último el Credo.

Luego, con el crucifijo que tenía en la mano dio la bendición al pueblo, llorando las mujeres y los niños y no pocos hombres, y en seguida empezaron las oraciones que Don Manuel oía en silencio y cojido de la mano por Blasillo, que al son del ruego se iba durmiendo. Primero el Padrenuestro con su «hágase tu voluntad así en la tierra como en el cielo», luego el Santa María con su «ruega por nosotros, pecadores, ahora y en la hora de nuestra muerte», a seguida la Salve con su «gimiendo y llorando en este valle de lágrimas», y por último el Credo. Y al llegar a la «resurrección de la carne y la vida perdurable», todo el pueblo sintió que su santo había entregado su alma a Dios. Y no hubo que cerrarle los ojos, porque se murió con ellos cerrados. Y al ir a despertar a Blasillo nos encontramos con que se había dormido en el Señor para siempre. Así que hubo luego que enterrar dos cuerpos.[56]

El pueblo todo se fue en seguida a la casa del santo a recojer reliquias, a repartirse retazos de sus vestiduras[57], a llevarse lo que pudieran como reliquia y recuerdo del bendito mártir. Mi hermano guardó su breviario, entre cuyas hojas encontró, desecada y como en un herbario, una clavellina pegada a un papel y en éste una cruz con una fecha.

Nadie en el pueblo quiso creer en la muerte de

---

[56] Blasillo vive en una identificación inconsciente con Don Manuel y así muere.

[57] Referencia a la escena que sigue a la muerte de Cristo (Mateo XVII, 35).

Don Manuel; todos esperaban verle a diario, y acaso le veían, pasar a lo largo del lago y espejado en él o teniendo por fondo las montañas; todos seguían oyendo su voz, y todos acudían a su sepultura, en torno a la cual surgió todo un culto. Las endemoniadas venían ahora a tocar la cruz de nogal, hecha también por sus manos y sacada del mismo árbol de donde sacó las seis tablas en que fue enterrado. Y los que menos queríamos creer que se hubiese muerto éramos mi hermano y yo.

Él, Lázaro, continuaba la tradición del santo y empezó a redactar lo que le había oído, notas de que me he servido para esta mi memoria.

—Él me hizo un hombre nuevo, un verdadero Lázaro, un resucitado[58] —me decía—. Él me dio fe.

—¿Fe? —le interrumpía yo.

—Sí, fe, fe en el consuelo de la vida, fe en el contento de la vida. Él me curó de mi progresismo. Porque hay, Ángela, dos clases de hombres peligrosos y nocivos: los que convencidos de la vida de ultratumba, de la resurrección de la carne, atormentan, como inquisidores que son, a los demás para que, despreciando esta vida como transitoria, se ganen la otra, y los que no creyendo más que en este...

—Como acaso tú... —le decía yo.

—Y sí, y como Don Manuel. Pero no creyen-

---

[58] En *Juan XI*, 33-44, se relata la resurrección de Lázaro.

do más que en este mundo, esperan no sé qué sociedad futura, y se esfuerzan en negarle al pueblo el consuelo de creer en otro...

—De modo que...

—De modo que hay que hacer que vivan de la ilusión.

El pobre cura que llegó a sustituir a Don Manuel en el curato entró en Valverde de Lucerna abrumado por el recuerdo del santo y se entregó a mi hermano y a mí para que le guiásemos. No quería sino seguir las huellas del santo. Y mi hermano le decía: «Poca teología, ¿eh?, poca teología[59], religión, religión.» Y yo al oírselo me sonreía pensando si es que no era también teología lo nuestro.

Yo empecé entonces a temer por mi pobre hermano. Desde que se nos murió Don Manuel no cabía decir que viviese. Visitaba a diario su tumba y se pasaba horas muertas contemplando el lago. Sentía morriña de la paz verdadera.

—No mires tanto al lago —le decía yo.

—No, hermana, no temas. Es otro el lago que me llama; es otra la montaña. No puedo vivir sin él.

—¿Y el contento de vivir, Lázaro, el contento de vivir?

---

[59] La teología supone ya un cierto grado de racionalización de la relación Dios-hombre.

—Eso para otros pecadores, no para nosotros, que le hemos visto la cara a Dios, a quienes nos ha mirado con sus ojos el sueño de la vida.

—¿Qué, te preparas a ir a ver a Don Manuel?

—No, hermana, no; ahora y aquí en casa, entre nosotros solos, toda la verdad por amarga que sea, amarga como el mar a que van a parar las aguas de este dulde lago, toda la verdad para ti, que estás abroquelada[60] contra ella...

—¡No, no, Lázaro; ésa no es la verdad!

—La mía, sí.

—La tuya, ¿pero y la de...?

—También la de él.

—¡Ahora no, Lázaro; ahora no! Ahora cree otra cosa, ahora cree...

—Mira, Ángela, una de las veces en que al decirme Don Manuel que hay cosas que aunque se las diga uno a sí mismo debe callárselas a los demás, le repliqué que me decía eso por decírselas a él, esas mismas, a sí mismo, y acabó confesándome que creía que más de uno de los más grandes santos, acaso el mayor, había muerto sin creer en la otra vida.

—¿Es posible?

—¡Y tan posible! Y ahora, hermana, cuida que no sospechen siquiera aquí, en el pueblo, nuestro secreto...

---

[60] *Abroquelada: Valerse de defensas materiales o morales.*

—¿Sospecharlo? —le dije—. Si intentase, por locura, explicárselo, no lo entenderían. El pueblo no entiende de palabras; el pueblo no ha entendido más que vuestras obras. Querer exponerles eso sería como leer a unos niños de ocho años unas páginas de Santo Tomás de Aquino... en latín.

—Bueno, pues cuando yo me vaya, reza por mí y por él y por todos.

Y por fin le llegó también su hora. Una enfermedad que iba minando su robusta naturaleza pareció exacerbársele con la muerte de Don Manuel.

—No siento tanto tener que morir —me decía en sus últimos días—, como que conmigo se muere otro pedazo del alma de Don Manuel. Pero lo demás de él vivirá contigo. Hasta que un día hasta los muertos nos moriremos del todo.

Cuando se hallaba agonizando entraron, como se acostumbra en nuestras aldeas, los del pueblo a verle agonizar, y encomendaban su alma a Don Manuel, a San Manuel Bueno, el mártir. Mi hermano no les dijo nada, no tenía ya nada que decirles; les dejaba dicho todo, todo lo que queda dicho. Era otra laña[61] más entre las dos Valverdes de Lucerna, la del fondo del lago y la que en su sobrehaz se mira; era ya uno de nuestros muertos

---

[61] *Laña: punto de unión*, Literalmente: *grapa*.

de vida, uno también, a su modo, de nuestros santos.

Quedé más que desolada, pero en mi pueblo y con mi pueblo. Y ahora, al haber perdido a mi San Manuel, al padre de mi alma, y a mi Lázaro, mi hermano aún más que carnal, espiritual, ahora es cuando me doy cuenta de que he envejecido y de cómo he envejecido. Pero ¿es que los he perdido?, ¿es que he envejecido?, ¿es que me acerco a mi muerte?

¡Hay que vivir! Y él me enseñó a vivir, él nos enseñó a vivir, a sentir la vida, a sentir el sentido de la vida, a sumergirnos en el alma de la montaña, en el alma del lago, en el alma del pueblo de la aldea, a perdernos en ellas para quedar en ellas. Él me enseñó con su vida a perderme en la vida del pueblo de mi aldea, y no sentía yo más pasar las horas, y los días y los años, que no sentía pasar el agua del lago. Me parecía como si mi vida hubiese de ser siempre igual. No me sentía envejecer. No vivía yo ya en mí, sino que vivía en mi pueblo y mi pueblo vivía en mí[62]. Yo quería decir lo que ellos, los míos, decían sin querer. Salía a

_____

[62] Antítesis con la afirmación de San Pablo «Ya no vivo yo, es Cristo quien vive en mí» (Gálatas, II, 20). Aquí es el pueblo quien ocupa el lugar de Cristo. Ángela —en su proceso reflexivo— va a concluir en la problemática pregunta «¿Y yo, creo?». Toda reflexión —parece querer decir aquí Unamuno— conduce a la duda, al desconcierto.

la calle, que era la carretera, y como conocía a todos vivía en ellos y me olvidaba de mí, mientras que en Madrid, donde estuve alguna vez con mi hermano, como a nadie conocía, sentíame en terrible soledad y torturada por tantos desconocidos.

Y ahora, al escribir esta memoria, esta confesión íntima de mi experiencia de la santidad ajena, creo que Don Manuel Bueno, que mi San Manuel y que mi hermano Lázaro se murieron creyendo no creer lo que más nos interesa, pero sin creer creerlo, creyéndolo en una desolación activa y resignada

Pero ¿por qué? —me he preguntado muchas veces— no trató Don Manuel de convertir a mi hermano también con un engaño, con una mentira, fingiéndose creyente sin serlo? Y he comprendido que fue porque comprendió que no le engañaría, que para con él no le serviría el engaño, que sólo con la verdad, con su verdad, le convertiría; que no habría conseguido nada si hubiese pretendido representar para con él una comedia —tragedia más bien—, la que representaba para salvar al pueblo. Y así le ganó, en efecto, para su piadoso fraude; así le ganó con la verdad de muerte a la razón de vida. Y así me ganó a mí, que nunca dejé transparentar a los otros su divino, su santísimo juego. Y es que creía y creo que Dios nuestro Señor, por no sé qué sagrados y no escrudiñaderos designios, les hizo creerse incré-

119

dulos. Y que acaso en el acabamiento de su tránsito se les cayó la venda. ¿Y yo, creo?

Y al escribir esto ahora, aquí, en mi vieja casa materna, a mis más que cincuenta años, cuando empiezan a blanquear con mi cabeza mis recuerdos, está nevando,[63] nevando sobre el lago, nevando sobre la montaña, nevando sobre las memorias de mi padre, el forastero; de mi madre, de mi hermano Lázaro, de mi pueblo, de mi San Manuel, y también sobre la memoria del pobre Blasillo, de mi San Blasillo, y que él me ampare desde el cielo. Y esta nieve borra esquinas y borra sombras, pues hasta de noche la nieve alumbra. Y yo no sé lo que es verdad y lo que es mentira, ni lo que vi y lo que soñé —o mejor lo que soñé y lo que sólo vi—, ni lo que supe ni lo que creí. No sé si estoy traspasando a este papel, tan blanco como la nieve, mi conciencia que en él se ha de quedar, quedándome yo sin ella. ¿Para qué tenerla ya...?

¿Es que sé algo?, ¿es que creo algo? ¿Es que esto que estoy aquí contando ha pasado y ha pasado tal y como lo cuento? ¿Es que pueden pasar estas cosas? ¿Es que todo esto es más que un sueño soñado dentro de otro sueño? ¿Seré yo, Ángela Carballino, hoy cincuentona, la única

---

[63] La nieve aparece nuevamente aquí como símbolo misterioso: lo recubre todo, a la par de Ángela confiesa su desconcierto intelectual y psíquico. (Ver nota 43)

persona que en esta aldea se ve acometida de estos pensamientos extraños para los demás? ¿Y éstos, los otros, los que me rodean, creen? ¿Qué es eso de creer? Por lo menos, viven. Y ahora creen en San Manuel Bueno, mártir, que sin esperar inmortalidad les mantuvo en la esperanza de ella.

Parece que el ilustrísimo señor obispo, el que ha promovido el proceso de beatificación de nuestro santo de Valverde de Lucerna, se propone escribir su vida, una especie de manual del perfeto párroco, y recoge para ello toda clase de noticias. A mí me las ha pedido con insistencia, ha tenido entrevistas conmigo, le he dado toda clase de datos, pero me he callado siempre el secreto trágico de Don Manuel y de mi hermano. Y es curioso que él no lo haya sospechado. Y confío en que no llegue a su conocimiento todo lo que en esta memoria dejo consignado. Les temo a las autoridades de la tierra, a las autoridades temporales, aunque sean las de la Iglesia.

Pero aquí queda esto, y sea de su suerte lo que fuere.

¿Cómo vino a parar a mis manos este documento, esta memoria de Ángela Carballino? He aquí algo, lector, algo que debo guardar en secreto. Te la doy tal y como a mí ha llegado, sin más que corregir pocas, muy pocas particularidades de redacción. ¿Qué se parece mucho a otras cosas que yo he escrito? Esto nada prueba contra su

objetividad, su originalidad. ¿Y sé yo, además, si
no he creado fuera de mí seres reales y efectivos,
de *alma inmortalidad*?[64] ¿Sé yo si aquel Augusto
Pérez, el de mi novela *Niebla*, no tenía razón al
pretender ser más real, más objetivo que yo mismo, que creía haberle inventado? De la realidad
de este San Manuel Bueno, mártir, tal como me
le ha revelado su discípula e hija espiritual Ángela
Carballino, de esta realidad no se me ocurre dudar. Creo en ella más que creía el mismo santo;
creo en ella más que creo en mi propia realidad.

Y ahora, antes de cerrar este epílogo, quiero
recordarte, lector paciente, el versillo noveno de
la Epístola del olvidado apóstol San Judas[65], —¡lo
que hace un nombre!—, donde se nos dice como
mi celestial patrono, San Miguel Arcángel —Miguel quiere decir «¿Quién como Dios?», y arcángel, archimensajero—, disputó con el diablo
—diablo quiere decir acusador, fiscal— por el
cuerpo de Moisés, y no toleró que se lo llevase
en juicio de maldición, sino que le dijo al diablo:

---

[64] *Almo, ma*: adjetivo poético que significa «*criador, ali-
mentador, vivificador*».

[65] La obra apócrifa de San Judas habla, en los versículos
9 y s.s., de un altercado entre S. Miguel y Satanás por el
cuerpo de Moisés. Siguiendo las fuentes bíblicas, sobre todo
los últimos capítulos del *Deuteronomio* (31-34) la salvación
de Moisés no ofrece dudas.

«El Señor te reprenda». Y el que quiera entender que entienda[66].

Quiero también, ya que Ángela Carballino mezcló a su relato sus propios sentimientos, ni sé que otra cosa quepa, comentar yo aquí lo que ella dejó dicho de que si Don Manuel y su discípulo Lázaro hubiesen confesado al pueblo su estado de creencia, éste, el pueblo, no les habría entendido. Ni les habría creído, añado yo. Habrían creído a sus obras y no a sus palabras, porque las palabras no sirven para apoyar las obras, sino que las obras se bastan. Y para un pueblo como el de Valverde de Lucerna no hay más confesión que la conducta. Ni sabe el pueblo qué cosa es fe, ni acaso le importa mucho.

Bien sé que en lo que se cuenta en este relato,[67] si se quiere novelesco —y la novela es la más íntima historia, la más verdadera, por lo que no me explico que haya quien se indigne de que se llame novela al Evangelio, lo que es elevarle,

---

[66] Parece que deba entenderse la salvación de Don Manuel.

[67] La ficción narrativa tiene el poder de recrear la realidad dando forma lingüística a experiencias y valores reales, sobre todo interiores, a los que no tiene acceso el lenguaje descriptivo. El relato es particularmente propicio para la expresión de las vivencias vinculadas al tiempo, a la procesualidad de la conciencia, a la interiorización de las relaciones hombre-mundo. También este evangelio de Don Manuel es —por encima del relato— lo que Hegel llamaría la fenomenología de su conciencia. Esto es: la novela de su movimiento interior.

en realidad, sobre un cronicón cualquiera—, bien sé que en lo que se cuenta en este relato no pasa nada; mas espero que sea porque en ello todo se queda, como se quedan los lagos y las montañas y las santas almas sencillas asentadas más allá de la fe y de la desesperación, que en ellos, en los lagos y las montañas, fuera de la historia, en divina novela, se cobijaron.

Salamanca, noviembre de 1930.

LA NOVELA DE DON SANDALIO, JUGADOR DE AJEDREZ

Alors une faculté pitoyable se dé-
veloppa dans leur esprit, celle de voir
la bétise et de ne plus la tolérer.

(G. FLAUBERT, *Bouvard et Póuchet.*)

PRÓLOGO

No hace mucho recibí carta de un lector para mí desconocido, y luego copia de parte de una correspondencia que tuvo con un amigo suyo y en que éste le contaba el conocimiento que hizo con un Don Sandalio, jugador de ajedrez, y le trazaba la característica del Don Sandalio.

«Sé —me decía mi lector— que anda usted a la busca de argumentos o asuntos para sus novelas o nivolas, y ahí va uno en estos fragmentos de cartas que le envío. Como verá, no he dejado el nombre del lugar en que los sucesos narrados se desarrollaron, y en cuanto a la época, bástele saber que fue durante el otoño e invierno de 1910. Ya sé que no es usted de los que se preocupan de situar los hechos en lugar y tiempo, y acaso no le falte razón.»

Poco más me decía, y no quiero decir más a modo de prólogo o aperitivo.

I

31 de agosto de 1910

Ya me tienes aquí, querido Felipe, en este apacible rincón de la costa y al pie de las montañas que se miran en la mar; aquí, donde nadie me conoce ni conozco, gracias a Dios, a nadie. He venido, como sabes, huyendo de la sociedad de los llamados prójimos o semejantes, buscando la compañía de las olas de la mar y de las hojas de los árboles, que pronto rodarán como aquéllas.

Me ha traído, ya lo sabes, un nuevo ataque de misantropía, o mejor de antropofobia, pues a los hombres, más que los odio, los temo. Y es que se me ha exacerbado aquella lamentable facultad que, según Gustavo Flaubert, se desarrolló en los espíritus de su Bouvard y su Pécuchet, y es la de ver la tontería y no poder tolerarla. Aunque para mí no es verla, sino oírla; no ver la tontería —*bêtise*—, sino oír las tonterías que día tras día, e irremisiblemente, sueltan jóvenes y viejos, tontos y listos. Pues son los que pasan por listos los que más tonterías hacen y dicen. Aunque sé bien que me retrucarás con mis propias palabras, aquellas que tantas veces me has oído, de que el hombre más tonto es el que se muere sin haber hecho ni dicho tontería alguna.

Aquí me tienes haciendo, aunque entre sombras humanas que se me cruzan alguna vez en el camino, de Robinsón Crusoe, de solitario. ¿Y no te acuerdas cuando leímos aquel terrible pasaje del Robinsón, de cuando éste, yendo una vez a su bote, se encontró sorprendido por la huella de un pie desnudo de hombre en la arena de la playa? Quedose como fulminado, como herido por un rayo —*thunderstruck*—, como si hubiera visto una aparición. Escuchó, miró en torno de sí sin oír ni ver nada. Recorrió la playa, ¡y tampoco! No había más que la huella de un pie, dedos, talón, cada parte de él. Y volviose Robinsón a su madriguera, a su fortificación, aterrado en el último grado, mirando tras de sí a cada dos o tres pasos, confundiendo árboles y matas, imaginándose a la distancia que cada tronco era un hombre, y lleno de antojos y agüeros.

¡Qué bien me represento a Robinsón! Huyo, no de ver huellas de pies desnudos de hombres, sino de oírles palabras de sus almas revestidas de necedad, y me aíslo para defenderme del roce de sus tonterías. Y voy a la costa a oír la rompiente de las olas, o al monte a oír el rumor del viento entre el follaje de los árboles. ¡Nada de hombres! ¡Ni de mujer, claro! A lo sumo algún niño que no sepa aún hablar, que no sepa repetir las gracias que le han enseñado, como a un lorito, en su casa, sus padres.

II

5 de septiembre.

Ayer anduve por el monte conversando silenciosamente con los árboles. Pero es inútil que huya de los hombres: me los encuentro en todas partes; mis árboles son árboles humanos. Y no sólo porque hayan sido plantados y cuidados por hombres, sino por algo más. Todos estos árboles son árboles domesticados y domésticos.

Me he hecho amigo de un viejo roble. ¡Si le vieras, Felipe, si le vieras! ¡Qué héroe! Debe de ser muy viejo ya. Está en parte muerto. ¡Fíjate bien, muerto en parte!, no muerto del todo[1]. Lleva una profunda herida que le deja ver las entrañas al descubierto. Y esas entrañas están vacías. Está enseñando el corazón. Pero sabemos, por muy someras nociones de botánica, que su verdadero corazón no es ése; que la savia circula entre la albura del leño y la corteza. ¡Pero cómo me impresiona esa ancha herida con sus redondeados rebordes! El aire entra por ella y orea el

---

[1] Rápida reflexión sobre la antítesis muerte-inmortalidad.

interior del roble, donde, si sobreviene una tormenta, puede refugiarse un peregrino, y donde podría albergarse un anacoreta o un Diógenes[2] de la selva. Pero la savia corre entre la corteza y el leño y da jugo de vida a las hojas que verdecen al sol. Verdecen hasta que, amarillas y ahornagadas, se arremolinan en el suelo, y podridas, al pie del viejo héroe del bosque, entre los fuertes brazos de su raigambre, van a formar el mantillo de abono que alimentará a las nuevas hojas de la venidera primavera. ¡Y si vieras qué brazos los de su raigambre que hunde sus miles de dedos bajo tierra! Unos brazos que agarran a la tierra como sus ramas altas agarran al cielo.

Cuando pase el otoño, el viejo roble quedará desnudo y callado, creerás tú. Pero no, porque le tiene abrazado una hiedra también heroica. Entre los más someros tocones de la raigambre y en el tronco del roble se destacan las robustas —o roblizas— venas de la hiedra, y ésta trepa por el viejo árbol y le reviste con sus hojas de verdor brillante y perenne. Y cuando las hojas del roble, se rindan a tierra, le susurrará cantos de invierno el vendaval entre las hojas de la hiedra. Y aun muerto el roble verdecerá al sol, y acaso algún enjambre de abejas ponga su colmena en la ancha herida de su seno.

----

[2] Diógenes de Sínope, de tendencia cínica. La tradición lo pinta viviendo en un tonel y paseando con una luz en la mano diciendo «busco un hombre».

LA NOVELA DE DON SANDALIO

No sé por qué, mi querido Felipe, pero es el caso que este viejo roble empieza a reconciliarme con la humanidad. Además, ¿por qué no he de decírtelo?, ¡hace tanto tiempo que no he oído una tontería! Y así, a la larga, no se puede vivir. Me temo que voy a sucumbir.

III

10 de septiembre.

¿No te lo decía, Felipe? He sucumbido. Me he hecho socio del Casino, aunque todavía más para ver que para oír. En cuanto han llegado las primeras lluvias. Con mal tiempo, ni la costa ni el monte ofrecen recursos, y en cuanto al hotel, ¿qué iba a hacer con él? ¿Pasarme el día leyendo o mejor releyendo? No puede ser. Así es que he acabado por ir al Casino.

Paso un rato por la sala de lectura, donde me entrego más que a leer periódicos a observar a los que los leen. Porque los periódicos tengo que dejarlos en seguida. Son más estúpidos que los hombres que los escriben. Hay algunos de éstos que tienen cierto talento para decir tonterías, ¿pero para escribirlas?, para escribirlas... ¡ninguno! Y en cuanto a los lectores, hay que ver qué cara de caricatura ponen cuando se ríen de las caricaturas.

Me voy luego del salón en que todos estos

hombres se reúnen; pero huyo de las tertulias o peñas que forman. Las astillas de conversaciones que me llegan me hieren en lo más vivo de la herida que traje al venir a retirarme, como a estación de cura, a este rincón costero y montañés. No, no puedo tolerar la tontería humana. Y me dedico, con la mayor discreción posible, a hacer el oficio de mirón pasajero de las partidas de tresillo, de tute o de mus. Al fin, estas gentes han hallado un modo de sociedad casi sin palabra. Y me acuerdo de aquella soberana tontería del seudopesimista Schopenhauer cuando decía que los tontos, no teniendo ideas que cambiar, inventaron unos cartoncitos pintados para cambiarlos entre sí, y que son los naipes. Pues si los tontos inventaron los naipes, no son tan tontos, ya que Schopenhauer ni aun eso inventó, sino un sistema de baraja mental que se llama pesimismo y en que lo pésimo es el dolor, como si no hubiera el aburrimiento, el tedio, que es lo que matan los jugadores de naipes.

IV

14 de septiembre.

Empiezo a conocer a los socios del Casino, a mis consocios —pues me he hecho hacer socio, aunque transeúnte—, claro es que de vista. Y me entretengo en irme figurando lo que estarán pensando, naturalmente que mientras que se callan, porque en cuanto dicen algo ya no me es posible figurarme lo que puedan pensar. Así es que en mi oficio de mirón prefiero mirar las partidas de tresillo a mirar las de mus, pues en éstas hablan demasiado. Todo es barullo de ¡envido!, ¡quiero!, ¡cinco más!, ¡diez más!, ¡órdago!, me entretiene un rato, pero luego me cansa. El ¡órdago!, que parece es palabra vascuence, que quiere decir: ¡ahí está!, me divierte bastante, sobre todo cuando se lo lanza el uno al otro en ademán de gallito de pelea.

Me atraen más las partidas de ajedrez, pues ya sabes que en mis mocedades di en ese vicio solitario de dos en compañía. Si es que eso es compañía. Pero aquí, en este Casino, no todas las partidas de ajedrez son silenciosas, ni de soledad de dos en compañía, sino que suele formarse un grupo con los mirones, y éstos discuten las jugadas con los jugadores y hasta meten mano en el tablero. Hay, sobre todo, una partida entre un ingeniero de montes y un magistrado jubilado, que es de lo más pintoresco que cabe. Ayer, el magistrado, que debe de padecer de la vejiga, estaba inquieto y desasosegado, y como le dijeran que se fuese al urinario manifestó que no se iba solo, sino con el ingeniero, por temor de que entretanto éste no le cambiase la posición de las piezas; así es que se fueron los dos, el magistrado a evacuar aguas menores y el ingeniero a escoltarle, y entretando los mirones alteraron toda la composición del juego.

Pero hay un pobre señor, que es hasta ahora el que más me ha interesado. Le llaman —muy pocas veces, pues apenas hay quien le dirija la palabra, como él no se la dirige a nadie—, le llaman o se llama Don Sandalio, y su oficio parece ser el de jugador de ajedrez. No he podido columbrar nada de su vida, ni en rigor me importa gran cosa. Prefiero imaginármela. No viene al Casino más que a jugar al ajedrez, y lo juega, sin pronunciar apenas palabra, con una avidez de enfermo. Fuera del ajedrez parece no haber mundo para él. Los demás socios le respetan, o acaso le ignoran, si bien, según he creído notar, con un cierto dejo de lástima. Acaso se le tiene por un maniático. Pero siempre encuentra, tal vez por compasión, quien le haga la partida.

Lo que no tiene es mirones. Comprenden que la mironería le molesta, y le respetan. Yo mismo no me he atrevido a acercarme a su mesilla, y eso que el hombre me interesa. ¡Le veo tan aislado en medio de los demás, tan metido en sí mismo! O mejor en su juego, que parece ser para él como una función sagrada, una especie de acto religioso. «Y cuando no juega, ¿qué hace?», me he preguntado. ¿Cuál es la profesión con que se gana la vida?, ¿tiene familia?, ¿quiere a alguien?, ¿guarda dolores y desengaños?, ¿lleva alguna tragedia en el alma?

Al salir del Casino le he seguido cuando iba

hacia su casa, a observar si al cruzar el patio, como ajedrezado, de la Plaza Mayor, daba algún paso en salto de caballo. Pero luego, avergonzado, he cortado mi persecución.

V

17 de septiembre.

He querido sacudirme del atractivo del Casino, pero es imposible; la imagen de Don Sandalio me seguía a todas partes. Ese hombre me atrae como el que más de los árboles del bosque; es otro árbol más, un árbol humano, silencioso, vegetativo. Porque juega al ajedrez como los árboles dan hoja.

Llevo dos días sin ir al Casino, haciéndome un esfuerzo para no entrar en él, llegando hasta su puerta para huir en seguida de ella.

Ayer fui por el monte; pero al acercarme a la carretera, por donde van los hombres, a ese camino calzado que hicieron hacer por mano de siervos, de obreros alquilados —los caminos del monte los han hecho hombres libres (¿libres?), con los pies—, tuve que volver a internarme en el bosque, me echaron a él todos esos anuncios con que han estropeado el verdor de la naturaleza. ¡Hasta a los árboles de los bordes de la carretera los han convertido en anunciadores! Me figuro que los pájaros han de huir de esos árboles

137

anunciantes más aún que de los espantapájaros que los labradores ponen en medio de los sembrados. Por lo visto, no hay como vestir a unos palitroques con andrajos humanos para que huyan del campo las graciosas criaturas que cosechan donde no sembraron, las libres avecillas a las que mantiene nuestro Padre y suyo.

Me interné por el monte y llegué a las ruinas de un viejo caserío. No quedaban más que algunos muros revestidos, como mi viejo roble, por la hiedra. En la parte interior de uno de esos muros medio derruidos, en la parte que formó antaño el interior de la casa, quedaba el resto del que fue hogar, de la chimenea familiar, y en ésta la huella del fuego de leña que allí ardió, el hollín que aún queda. Hollín sobre que brillaba el verdor de las hojas de la hiedra. Sobre la hiedra revoloteaban unos pajarillos. Acaso en ella, junto al cadáver de lo que fue hogar, han puesto su nido.

Y no sé por qué me acordaba de Don Sandalio, este producto tan urbano, tan casinero. Y pensaba que por mucho que quiera huir de los hombres, de sus tonterías, de su estúpida civilización, sigo siendo hombre, mucho más hombre de lo que me figuro, y que no puedo vivir lejos de ellos. ¡Si es su misma necedad lo que me atrae! ¡Si la necesito para irritarme por dentro de mí!

Está visto que necesito a Don Sandalio, que sin Don Sandalio no puedo ya vivir.

VI

20 de septiembre.

¡Por fin, ayer! No pude más. Llegó Don Sandalio al Casino, a su hora de siempre, cronométricamente, muy temprano, tomó su café de prisa y corriendo, se sentó a su mesita de ajedrez, requirió las piezas, las colocó en orden de batalla y se quedó esperando al compañero. El cual no llegaba. Y Don Sandalio con cara de cierta angustia y mirando al vacío. Me daba pena. Tanta pena me daba, que no pude contenerme, y me acerqué a él:

—Por lo visto, su compañero no viene hoy —le dije.

—Así parece —me contestó.

—Pues si a usted le place, y hasta que él llegue, puedo yo hacerle la partida. No soy un gran jugador, pero lo he visto jugar y creo que no se aburrirá usted con mi juego...

—Gracias —agregó.

Creí que iba a rechazarme, en espera de su acostumbrado compañero, pero no lo hizo. Aceptó mi oferta y ni me preguntó, por supuesto, quién era yo. Era como si yo no existiese en realidad, y como persona distinta de él, para él mismo. Pero él sí que existía para mí... Digo, me lo figuro. Apenas si se dignó mirarme; miraba al tablero. Para Don Sandalio, los peones, alfiles,

caballos, torres, reinas y reyes del ajedrez tienen
más alma que las personas que los manejan. Y
acaso tenga razón.

Juega bastante bien, con seguridad, sin dema-
siada lentitud, sin discutir ni volver las jugadas,
no se le oye más que: «¡jaque!» Juega, te escribí
el otro día, como quien cumple un servicio religioso. Pero no, mejor, como quien crea silenciosa
música religiosa. Su juego es musical. Coge las
piezas como si tañera en un arpa. Y hasta se me
antoja oírle a su caballo, no relinchar —¡esto
nunca!—, sino respirar musicalmente, cuando va
a dar un jaque. Es como un caballo con alas. Un
Pegaso. O mejor un Clavileño; de madera, como
éste. ¡Y cómo se posa en la tabla! No salta; vuela.
¿Y cuando tañe a la reina? ¡Pura música!

Me ganó, y no porque juegue mejor que yo,
sino porque no hacía más que jugar mientras que
yo me distraía en observarle. No sé por qué se
me figura que no debe de ser hombre muy inteligente, pero que pone toda su inteligencia, mejor,
toda su alma, en el juego.

Cuando di por terminado éste —pues él no se
cansa de jugar— después de unas cuantas partidas, le dije:

—¿Qué es lo que le habrá pasado a su compañero?

—No lo sé —me contestó.

Ni parecía importarle saberlo.

Salí del Casino a dar una vuelta hacia la playa,
pero me quedé esperando a ver si Don Sandalio

también salía. «¿Paseará este hombre?», me pregunté. Al poco salió mi hombre, e iba como abstraído. No cabría decir adónde miraba. Le seguí hasta que, doblando una calleja, se metió en una casa. Seguramente la suya. Yo seguí hacia la playa, pero no ya tan solo como otras veces; Don Sandalio iba conmigo, mi Don Sandalio. Pero antes de llegar a la playa torcí hacia el monte y me fui a ver a mi viejo roble, el roble heroico, el de la abierta herida de las entrañas, el revestido de hiedra. Claro es que no establecí relación alguna entre él y Don Sandalio, y ni siquiera entre mi roble y mi jugador de ajedrez. Pero éste es ya parte de mi vida. También yo, como Robinsón, he encontrado la huella de un pie desnudo de alma de hombre, en la arena de la playa de mi soledad; mas no he quedado fulminado ni aterrado, sino que esa huella me atrae. ¿Será huella de tontería humana? ¿Lo será de tragedia? ¿Y no es acaso la tontería la más grande de las tragedias del hombre?

VII

25 de septiembre.

Sigo preocupado, mi querido Felipe, con la tragedia de la tontería o más bien de la simplicidad. Hace pocos días oí, sin quererlo, en el hotel, una conversación que ésta sí que me dejó como fulminado. Hablaban de una señora que estaba a punto de morir, y el cura que la asistía le dijo: «Bueno, cuando llegue al cielo no deje de decir a mi madre, en cuanto la vea, que aquí estamos viviendo cristianamente para poder ir a hacerla compañía.». Y esto parece que lo dijo el cura, que es piadosísimo, muy en serio. Y como no puedo por menos que creer que el cura que así decía creía en ello, me di a pensar en la tragedia de la simplicidad, o mejor de la felicidad de la simplicidad. Porque hay felicidades trágicas. Y di luego en pensar si acaso mi Don Sandalio no es un hombre feliz.

Volviendo al cual, a Don Sandalio, tengo que decirte que sigo haciéndole la partida. Su compañero anterior parece que se marchó de esta villa, lo cual he sabido no precisamente por Don Sandalio mismo, que ni habla de él ni de ningún otro prójimo, ni creo que se haya preocupado de saber si se fue o no ni quién era. Lo mismo que no se preocupa de averiguar quién soy yo, y no será poco que sepa mi nombre.

Como yo soy nuevo en la partida, se nos han acercado algunos mirones, atraídos por la curiosidad de ver cómo juego yo, y acaso porque me creen otro nuevo Don Sandalio, a quien hay que clasificar y acaso definir. Y yo me dejo hacer. Pero pronto se han podido dar cuenta de que a mí me molestan los mirones no menos que a Don Sandalio, si es que no más.

Anteayer fueron dos los mirones. ¡Y qué mirones! Porque no se limitaron a mirar o a comentar de palabra las jugadas, sino que se pusieron a hablar de política, de modo que no pude contenerme, y les dije: «Pero ¿se callarán ustedes?» Y se marcharon. ¡Qué mirada me dirigió Don Sandalio!, ¡qué mirada de profundo agradecimiento! Llegué a creer que a mi hombre le duele la tontería tanto como a mí.

Acabamos las partidas y me fui a la costa, a ver morir las olas en la arena de la playa, sin intentar seguir a Don Sandalio, que se fue, sin duda, a su casa. Pero me quedé pensando si mi jugador de ajedrez creerá que, terminada esta vida, se irá al cielo, a seguir allí jugando, por toda una eternidad, con hombres o con ángeles.

VIII

30 de septiembre.

Le observo a Don Sandalio alguna preocupación. Debe de ser por su salud, pues se le nota que respira con dificultad. A las veces se ve que ahoga una queja. Pero ¿quién se atreve a decirle nada? Hasta que le dio una especie de vahído.

—Si usted quiere, lo dejaremos... —le dije.

—No, no —me respondió—; por mí, no.

«¡Jugador heroico!», pensé. Pero poco después agregué:

—¿Por qué no se queda usted unos días en casa?

—¿En casa? —me dijo—, ¡sería peor!

Y creo, en efecto, que le sería peor quedarse en casa. ¿En casa? ¿Y qué es su casa? ¿Qué hay en ella? ¿Quién vive en ella?

Abrevié las partidas, pretextando cualquier cosa, y le dejé con un: «¡Que usted se alivie, Don Sandalio!» «¡Gracias!», me contestó. Y no añadió mi nombre porque de seguro no lo sabe.

Este mi Don Sandalio, no el que juega al ajedrez en el Casino, sino el otro, el que él me ha metido en el hondón del alma, el mío, me sigue ya a todas partes; sueño con él, casi sufro con él.

IX

8 de octubre.

Desde el día en que Don Sandalio se retiró del Casino algo indispuesto, no ha vuelto por él. Y esto es una cosa tan extraordinaria, que me ha desasosegado. A los tres días de faltar mi hombre me sorprendí, uno, con el deseo de colocar las piezas en el tablero y quedarme esperándole. O acaso a otro... Y luego me di casi a temblar pensando si en fuerza de pensar en mi Don Sandalio no me había éste sustituido y padecía yo de una doble personalidad. Y la verdad, ¡basta con una!

Hasta que anteayer, en el Casino, uno de los

socios, al verme tan solitario y, según él debió de figurarse, aburrido, se me acercó a decirme:

—Ya sabrá usted lo de Don Sandalio...

—¿Yo?, no; ¿qué es ello?

—Pues... que se le ha muerto el hijo.

—¡Ah!, ¿pero tenía un hijo?

—Sí, ¿no lo sabe usted? El de aquella historia...

¿Qué pasó por mí? No lo sé, pero al oír esto me fui, dejándole con la palabra cortada, y sin importarme lo que por ello juzgase de mí. No, no quería que me colocase la historia del hijo de Don Sandalio. ¿Para qué? Tengo que mantener puro, incontaminado, a mi Don Sandalio, al mío, y hasta me lo ha estropeado esto de que ahora le salga un hijo que me impide, con su muerte, jugar al ajedrez unos días. No, no, no quiero saber historias. ¿Historias? Cuando las necesite, me las inventaré.

Ya sabes tú, Felipe, que para mí no hay más historias que las novelas. Y en cuanto a la novela de Don Sandalio, mi jugador de ajedrez, no necesito de socios del Casino que vengan a hacérmela.

Salí del Casino echando de menos a mi hombre, y me fui al monte, a ver a mi roble. El sol daba en la ancha abertura de sus vacías entrañas. Sus hojas, que casi se le iban ya desprendiendo, se quedaban un rato, al caer, entre las hojas de la hiedra.

X

10 de octubre.

Ha vuelto Don Sandalio, ha vuelto al Casino, ha vuelto al ajedrez. Y ha vuelto el mismo, el mío, el que yo conocía, y como si no le hubiese pasado nada.

—¡He sentido mucho su desgracia, Don Sandalio! —le he dicho, mintiéndole.

—¡Gracias, muchas gracias! —me ha respondido.

Y se ha puesto a jugar. Y como si no hubiese pasado nada en su casa, en su otra vida. Pero ¿tiene otra?

He dado en pensar que, en rigor, ni él existe para mí ni yo para él. Y, sin embargo...

Al acabar las partidas me he ido a la playa, pero preocupado con una idea que te ha de parecer, de seguro, que te conozco, absurda, y es la de qué seré, cómo seré yo para Don Sandalio. ¿Qué pensará de mí? ¿Cómo seré yo para él? ¿Quién seré yo para él?

XI

12 de octubre.

Hoy no sé, querido Felipe, qué demonio tonto me ha tentado, que se me ha ocurrido proponerle a Don Sandalio la solución de un problema de ajedrez.

—¿Problemas? —me ha dicho—. No me interesan los problemas. Basta con los que el juego mismo nos ofrece sin ir más a buscarlos.

Es la vez que le he oído más palabras seguidas a mi Don Sandalio, pero ¡qué palabras! Ninguno de los mirones del Casino las habría comprendido como yo. A pesar de lo cual, me he ido luego a la playa a buscar los problemas que se me antoja que me proponen las olas de la mar.

XII

14 de octubre.

Soy incorregible, Felipe, soy incorregible, pues como si no fuese bastante la lección que anteayer me dio Don Sandalio, hoy he pretendido colocarle una disertación sobre el alfil, pieza que manejo mal.

Le he dicho que el alfil, palabra que parece quiere decir elefante, le llaman los franceses *fou*, esto es: loco, y los ingleses *bishop*, o sea: obispo, y que a mí me resulta una especie de obispo loco, con algo elefantino, que siempre va de soslayo, jamás de frente, y de blanco en blanco o de negro en negro y sin cambiar de color del piso en que le ponen y sea cual fuere su color propio. ¡Y qué cosas le he dicho del alfil blanco en piso blanco, del blanco en piso negro, del negro en piso blanco y del negro en piso negro! ¡Las virutas que he hecho con esto! Y él, Don Sandalio, me miraba asustado, como se miraría a un obispo loco, y hasta creí que estaba a punto de huir, como de un elefante. Esto le dije en un intermedio, mientras cambiábamos las piezas, pues turnamos entre blancas y negras, teniendo siempre la salida aquéllas. La mirada de Don Sandalio era tal, que me desconcertó.

Cuando he salido del Casino iba pensando si la mirada de Don Sandalio tendría razón, si no es que me he vuelto loco, y hasta me parecía si, en mi terror de tropezar con la tontería humana, en mi terror de encontrarme con la huella del pie desnudo del alma de un prójimo, no iba caminando de soslayo, como un alfil. ¿Sobre piso blanco, o negro?

Te digo, Felipe, que este Don Sandalio me vuelve loco.

XIII

23 de octubre.

No te he escrito, mi querido Felipe, en estos ocho días, porque he estado enfermo, aunque acaso más de aprensión que de enfermedad. Y además, ¡me entretenía tanto la cama, se me pegaban tan amorosamente las sábanas! Por la ventana de mi alcoba veo, desde la cama misma, la montaña próxima, en la que hay una pequeña cascada. Tengo sobre la mesilla de noche unos prismáticos, y me paso largos ratos contemplando con ellos la cascada. ¡Y qué cambios de luz los de la montaña!

He hecho llamar al médico más reputado de la villa, el doctor Casanueva, el cual ha venido dispuesto, ante todo, a combatir la idea que yo tuviese de mi propia dolencia. Y sólo ha conseguido preocuparme más. Se empeña en que yo voy desafiando las enfermedades, y todo porque suelo ir con frecuencia al monte. Ha empezado por recomendarme que no fume, y cuando le he dicho que no fumo nunca, no sabía ya qué decir. No ha tenido la resolución de aquel otro galeno que, en caso análogo, le dijo al enfermo: «¡Pues entonces, fume usted!» Y acaso tuvo éste razón, pues lo capital es cambiar de régimen.

Casi todos estos días he guardado cama, y no, en rigor, porque ello me hiciera falta, sino porque así rumiaba mejor mi relativa soledad. En realidad, he pasado lo más del tiempo de esos ocho días traspuesto y en un estado entre la vela y el sueño, sin saber si soñaba la montaña que tenía enfrente o si veía delante de mí a Don Sandalio ausente.

Porque ya te puedes figurar que Don Sandalio, que mi Don Sandalio, ha sido mi principal ensueño de enfermedad. Me ilusionaba pensar que en estos días se haya definido más, que acaso haya

149

cambiado, que cuando le vuelva a ver en el Casino y volvamos a jugar nuestras partidas le encuentre otro.

Y entretanto, ¿pensará él en mí?, ¿me echará de menos en el Casino?, ¿habrá encontrado en éste a algún otro consocio —¡consocio!— que le haga la partida?, ¿habrá preguntado por mí?, ¿existo yo para él?

Hasta he tenido una pesadilla, y es que me he figurado a Don Sandalio como un terrible caballo negro —¡caballo de ajedrez, por supuesto!— que se me venía encima a comerme, y yo era un pobre alfil blanco, un pobre obispo loco y elefantino que estaba defendiendo al rey blanco para que no le dieran mate. Al despertarme de esta pesadilla, cuando iba rayando el alba, sentí una gran opresión en el pecho, y me puse a hacer largas y profundas inspiraciones y espiraciones, así como gimnásticas, para ver de entonar este corazón que el doctor Casanueva cree que está algo averiado. Y luego me he puesto a contemplar, con mis prismáticos, cómo los rayos del sol naciente daban en el agua de la cascada de la montaña frontera.

XIV

25 de octubre.

No más que pocas líneas en esta postal. He ido a la playa, que estaba sola. Más sola aún por la presencia de una sola joven que se paseaba al borde de las olas. Le mojaban los pies. La he estado observando sin ser visto de ella. Ha sacado una carta, la ha leído, ha bajado sus brazos teniendo con las dos manos la carta; los ha vuelto a alzar y ha vuelto a leerla; luego la ha roto en cachitos menudos, doblándola y volviéndola a doblar para ello; después ha ido lanzando uno a uno, cachito a cachito, al aire, que los llevaba —¿mariposas del olvido?— a la rompiente. Hecho esto, ha sacado el pañuelo, se ha puesto a sollozar, y se ha enjugado los ojos. El aire de la mar ha acabado de enjugárselos. Y nada más.

XV

26 de octubre.

Lo que hoy tengo que contar, mi querido Felipe, es algo inaudito, algo tan sorprendente, que jamás se le podría haber ocurrido al más ocurrente novelista. Lo que te probará cuánta razón tenía aquel nuestro amigo a quien llamábamos Pepe *el Gallego*, que cuando estaba traduciendo cierto libro de sociología, nos dijo: «No puedo resistir estos libros sociológicos de ahora; estoy traduciendo uno sobre el matrimonio primitivo, y todo se le vuelve al autor que si los algonquinos se casan de tal manera, los chispenais de tal otra, los cafres de este modo, y así lo demás... Antes llenaban los libros de palabras, ahora los llenan de esto que llaman hechos o documentos; lo que no veo por ninguna parte son ideas... Yo, por mi parte, si se me ocurriera inventar una teoría sociológica, la apoyaría en hechos de mi invención, seguro como estoy de que todo lo que un hombre puede inventar ha sucedido, sucede o sucederá alguna vez.» ¡Qué razón tenía nuestro buen Pepe!

Pero vamos al hecho, o, si quieres, al suceso.

Apenas me sentí algo más fuerte y me sacudí del abrigo de la cama, me fui, ¡claro es!, al Casino. Me llevaba, sobre todo, como puedes bien figurarte, el encontrarme con mi Don Sandalio y el reanudar nuestras partidas. Llegué allá, y mi hombre no estaba allí. Y eso que era ya su hora. No quise preguntar por él.

Al poco rato no pude resistir, requerí un tablero de ajedrez, saqué un periódico en que venía un problema, y me puse a ver si lo resolvía. Y en esto llegó uno de aquellos mirones y me preguntó si quería echar una partida con él. Tentado estuve un momento de rehusárselo, pues me parecía algo así como una traición a mi Don Sandalio, pero al fin acepté.

Este consocio, antes mirón y ahora compañero de juego, resultó ser uno de esos jugadores que no saben estarse callados. No hacía sino anunciar las jugadas, comentarlas, repetir estribillos, y, cuando no, tararear alguna cancioncilla. Era algo insoportable. ¡Qué diferencia con las partidas graves, recogidas y silenciosas de Don Sandalio!

* * *

(*Al llegar acá se me ocurre pensar que si el autor de estas cartas las tuviera que escribir ahora, en 1930, compararía las partidas con Don Sandalio al cine puro, gráfico, representativo, y las partidas con el nuevo jugador, al cine sonoro. Y así resultarían partidas sonoras o zumbadas.*)

* * *

Yo estaba como sobre ascuas y sin atreverme a mandarle que se callase. Y no sé si lo comprendió, pero el caso es que después de dos partidas me dijo que tenía que irse. Mas antes de partir me espetó esto:

—Ya sabrá usted, por supuesto, lo de Don Sandalio...

—No; ¿qué?

—Pues que le han metido ya en la cárcel.

—¡En la cárcel! —exclamé como fulminado.

—Pues claro, ¡en la cárcel! Ya comprenderá usted... —comenzó.

Y yo atajándole:

—¡No, no comprendo nada!

Me levanté, y casi sin despedirme de él me salí del Casino.

«¡En la cárcel! —me iba diciendo—, en la cárcel! ¿Por qué?» Y, en último caso, ¿qué me importa? Lo mismo que no quise saber lo de su hijo, cuando se le murió éste, no quiero saber por qué le han metido en la cárcel. Nada me importa de ello. Y acaso a él no le importe mucho más si es como yo me le figuro, como yo me le tengo hecho, acá para mí. Mas, a pesar de todo, este suceso imprevisto cambiaba totalmente el giro de mi vida íntima. ¿Con quién, en adelante, voy a echar mi partida de ajedrez, huyendo de la incurable tontería de los hombres?

A ratos pienso averiguar si es que está o no incomunicado, y si no lo está y si se me permite comunicarme con él, ir a la cárcel y pedir permiso para hacerle a diario la partida, claro que sin inquirir por qué le han metido allí ni hablar de ello. Aunque, ¿sé yo acaso si no echa a diario su partida con alguno de los carceleros?

Como puedes figurarte, todo esto ha trastornado todos los planes de mi soledad.

XVI

28 de octubre.

Huyendo del Casino, huyendo de la villa, huyendo de la sociedad humana que inventa cárceles, me he ido por el monte, lo más lejos posible de la carretera. Y lejos de la carretera, porque esos pobres árboles anunciadores me parecen también presos, u hospicianos, que es casi igual, y todas esas vallas en que se anuncian toda clase de productos —algunos de maquinaria agrícola; otros, los más, de licores o de neumáticos para automóvil de los que van huyendo de todas partes—, todo ello me recuerda a la sociedad humana, que no puede vivir sin bretes, esposas, grillos, cadenas, rejas y calabozos. Y observo de paso que a algunos de esos instrumentos de tortura se les llama esposas y grillos. ¡Pobres grillos!, ¡pobres esposas!

He ido por el monte, saliéndome de los senderos trillados por pies de hombres, evitando, en lo posible, las huellas de éstos, pisando sobre hojas secas —empiezan ya a caer— y me he ido hasta las ruinas de aquel viejo caserío de que ya te dije, al resto de cuya chimenea de hogar enhollinada abriga hoy el follaje de la hiedra en que anidan los pájaros del campo. ¡Quién sabe si cuando el caserío estuvo vivo, cuando en él chisporroteaba la leña del hogar y en éste hervía el puchero de la familia, no había allí cerca alguna jaula en que de tiempo en tiempo cantaba un jilguero prisionero!

Me he sentado allí, en las ruinas del caserío, sobre una piedra sillar, y me he puesto a pensar si Don Sandalio ha tenido hogar, si era hogar la casa en que vivía con el hijo que se le murió, qué sé yo si con alguno más, acaso con mujer. ¿La tenía? ¿Es viudo? ¿Es casado? Pero después de todo, ¿a mí qué me importa?, ¿a qué proponerme estos enigmas que no son más que problemas de ajedrez y de los que no me ofrece el juego de mi vida?

¡Ah, que no me los ofrece...! Tú sabes, mi Felipe, que yo sí que no tengo, hace ya años, hogar; que mi hogar se deshizo, y que hasta el hollín de su chimenea se ha desvanecido en el aire, tú sabes que a esa pérdida de mi hogar se debe la agrura con que me hiere la tontería humana. Un solitario fue Robinsón Crusoe, un solitario fue Gustavo Flaubert, que no podía tolerar la tontería humana, un solitario me parece Don Sandalio, y un solitario soy yo. Y todo solitario, Felipe, mi Felipe, es un preso, es un encarcelado, aunque ande libre.

¿Qué hará Don Sandalio, más solitario aún, en la celda de su prisión? ¿Se habrá resignado ya y habrá pedido un tablero de ajedrez y un librito de problemas para ponerse a resolverlos? ¿O se habrá puesto a inventar problemas? De lo que apenas me cabe duda, o yo me equivoco mucho respecto a su carácter —y no cabe que me equivoque en mi Don Sandalio—, es de que no se le da un bledo del problema o de los problemas que le plantee el juez con sus indagatorias.

Y ¿qué haré yo mientras Don Sandalio siga en la cárcel de esta villa, a la que vine a refugiarme de la incurable persecución de mi antropofobia? ¿Qué haré yo en este rincón de costa y de montaña si me quitan a mi Don Sandalio, que era lo que me ataba a esa humanidad que tanto me atrae a la vez que tanto me repele? Y si Don Sandalio sale de la cárcel y vuelve al Casino y en el Casino al ajedrez —¿qué va a hacer si no?—, ¿cómo voy a jugar con él, ni cómo voy siquiera a poder mirarle a la cara sabiendo que ha estado encarcelado y sin saber por qué? No, no; a Don Sandalio, a mi Don Sandalio, le han matado con eso de haberle encarcelado. Presiento que ya no va a salir de la cárcel. ¿Va a salir de ella para ser el resto de su vida un problema?, ¿un problema suelto? ¡Imposible!

No sabes, Felipe, en qué estado de ánimo dejé las ruinas del viejo caserío. Iba pensando que acaso me convendría hacer construir en ellas una celda de prisión, una especie de calabozo, y encerrarme allí. O ¿no será mejor que me lleven, como a Don Quijote, en una jaula de madera, en un carro de bueyes, viendo al pasar el campo abierto en que se mueven los hombres cuerdos que se creen libres? O los hombres libres que se creen cuerdos, y es lo mismo en el fondo. ¡Don Quijote! ¡Otro solitario como Robinsón y como Bouvard y como Pécuchet, otro solitario, a quien un grave eclesiástico, henchido de toda la tontería de los hombres cuerdos, le llamó Don Tonto, le diputó mentecato y le echó en cara sandeces y vaciedades!

Y respecto a Don Quijote, he de decirte, para terminar de una vez este desahogo de cartas, que yo me figuro que no se murió tan a seguido de retirarse a su hogar después de vencido en Barcelona por Sansón Carrasco, sino que vivió algún tiempo para purgar su generosa, su santa locura, con el tropel de gentes que iban a buscarle en demanda de su ayuda para que les acorriese en sus cuitas y les enderezase sus tuertos, y cuando se les negaba se ponían a increparle y a acusarle de farsante o de traidor. Y al salir de su casa, se decían: «¡Se ha rajado!» Y otro tormento aún mayor que se le cayó encima debió de ser la nube de reporteros que iban a someterle a interrogatorios o, como han dado en decir ahora, encuestas. Y hasta me figuro que alguien le fue con esta pregunta: «¿A qué se debe, caballero, su celebridad?»

Y basta, basta, basta. ¡Es insondable la tontería humana!

XVII

30 de octubre.

Los sucesos imprevistos y maravillosos vienen, como las desgracias, a ventregadas, según dice la gente de los campos. ¿A que no te figuras lo último que me ha ocurrido? Pues que el juez me ha llamado a declarar. «A declarar... ¿qué?», te preguntarás. Y es lo mismo que yo me pregunto: «A declarar... ¿qué?»

Me llamó, me hizo jurar o prometer por mi honor que diría la verdad en lo que supiese y fuere preguntado, y a seguida me preguntó si conocía y desde cuando le conocía a Don Sandalio Cuadrado y Redondo. Le expliqué cuál era mi conocimiento con él, que yo no conocía más que al ajedrecista, que no tenía la menor noticia de su vida. A pesar de lo cual, el juez se empeñó en sonsacarme lo insonsacable y me preguntó si le había oído alguna vez algo referente a sus relaciones con su yerno. Tuve que contestarle que ignoraba que Don Sandalio tuviese o hubiese tenido una hija casada, así como ignoraba hasta aquel momento que se apellidase, de una manera contradictoria, Cuadrado y Redondo.

—Pues él, Don Sandalio, según su yerno, que es quien ha indicado que se llame a usted a declarar, hablaba alguna vez en su casa, de usted —me ha dicho el juez.

—¿De mí? —le he contestado todo sorprendido y casi fulminado—. ¡Pero si me parece que ni sabe cómo me llamo!, ¡si apenas existo yo para él!

—Se equivoca usted, señor mío; según su yerno...

—Pues le aseguro, señor juez —le he dicho—, que no sé de Don Sandalio nada más que lo que le he dicho, y que no quiero saber más.

El juez parece que se ha convencido de mi veracidad y me ha dejado ir sin más *enquisa*.

Y aquí me tienes todo confuso por lo que se está haciendo mi Don Sandalio. ¿Volveré al Casino? ¿Volveré a que me hieran astillas de las conversaciones que sostienen aquellos socios que tan fielmente me representan a la humanidad media, al término medio de la humanidad? Te digo, Felipe, que no sé qué hacer.

XVIII

4 de noviembre.

¡Y ahora llega, Felipe, lo más extraordinario, lo más fulminante! Y es que Don Sandalio se ha muerto en la cárcel. Ni sé bien cómo lo he sabido. Lo he oído acaso en el Casino, donde comentaban esa muerte. Y yo, huyendo de los comentarios, he huido del Casino, yéndome al monte. Iba como sonámbulo; no sabía lo que me pasaba. Y he llegado al roble, a mi viejo roble, y como empezaba a lloviznar me he refugiado en sus abiertas entrañas. Me he metido allí, acurrucado, como estaría Diógenes en su tonel, en la ancha herida, y me he puesto a... soñar mientras el viento arremolinaba las hojas secas a mis pies y a los del roble.

¿Qué me ha ocurrido allí? ¿Por qué de pronto me ha invadido una negra congoja y me he puesto a llorar, así como lo oyes, Felipe, a llorar la muerte de mi Don Sandalio? Sentía dentro de mí un vacío inmenso. Aquel hombre a quien no le interesaban los problemas forjados sistemáticamente, los problemas que traen los periódicos en la sección de jeroglíficos, logogrifos, charadas y congéneres, aquel hombre a quien se le había muerto un hijo, que tenía o había tenido una hija casada y un yerno, aquel hombre a quien le habían metido en la cárcel y en la cárcel se había muerto, aquel hombre se me había muerto a mí. Ya no le oiría callar mientras jugaba, ya no oiría su silencio. Silencio realzado por aquella única palabra que pronunciaba, litúrgicamente, alguna vez, y era: «¡jaque!» Y no pocas veces hasta la callaba, pues si se veía el jaque, ¿para qué anunciarlo de palabra?

Y aquel hombre hablaba alguna vez de mí en su casa, según su yerno. ¡Imposible! El tal yerno tiene que ser un impostor. ¡Qué iba a hablar de mí si no me conocía! ¡Si apenas me oyó cuatro palabras! ¡Como no fuera que me inventó como yo me dedicaba a inventarlo! ¿Haría él conmigo algo de lo que hacía yo con él?

El yerno es, de seguro, el que hizo que le metieran en la cárcel. ¿Pero para qué? No me pregunto «¿para qué?», sino «¿por qué?» Porque en esto de la cárcel lo que importa no es la causa, sino la finalidad. ¿Y para qué hizo que el juez me llamase a declarar a mí?, ¿a mí?, ¿como testigo de descargo acaso? ¿Pero descargo de qué? ¿De qué se le acusaba a Don Sandalio? ¿Es posible que Don Sandalio, mi Don Sandalio, hiciese algo merecedor de que se le encarcelase? ¡Un ajedrecista silencioso! El ajedrez tomado así como lo tomaba mi Don Sandalio, con religiosidad, le pone a uno más allá del bien y del mal.

Pero ahora me acuerdo de aquellas solemnes y

parcas palabras de Don Sandalio cuando me dijo: «¿Problemas? No me importan los problemas; basta con los que el juego mismo nos ofrece sin ir más a buscarlos». ¿Le habría llevado a la cárcel alguno de esos problemas que nos ofrece el juego de la vida? ¿Pero es que mi Don Sandalio vivió? Pues que ha muerto, claro es que vivió. Mas llego a las veces a dudar de que se haya muerto. Un Don Sandalio así no puede morirse, no puede hacer tan mala jugada. Hasta eso de hacer como que se muere en la cárcel me parece un truco. Ha querido encarcelar a la muerte. ¿Resucitará?

XIX

6 de noviembre.

Me voy convenciendo poco a poco —¿y qué remedio?— de la muerte de Don Sandalio, pero no quiero volver al Casino, no quiero verme envuelto en aquel zumbante oleaje de tontería mansa —y la mansa es la peor—, en aquella tontería societaria humana, ¡figúrate!, la tontería que les hace asociarse a los hombres los unos con los otros. No quiero oírles comentar la muerte misteriosa de Don Sandalio en la cárcel. ¿Aunque para ellos hay misterio? Los más se mueren sin darse cuenta de ello, y algunos reservan para última hora sus mayores tonterías, que se las transmiten en forma de consejos testamentarios a sus hijos y herederos. Sus hijos no son más que sus herederos: carecen de vida íntima, carecen de hogar.

Jugadores de tresillo, de tute, de mus, jugadores también de ajedrez, pero con tarareos y estribillos y sin religiosidad alguna. No más que mirones aburridos.

¿Quién inventó los casinos? Al fin los cafés públicos, sobre todo cuando no se juega en ellos, cuando no se oye el traqueteo del dominó sobre todo, cuando se da libre curso a la charla suelta y pasajera, sin taquígrafos, son más tolerables. Hasta son refrescantes para el ánimo. La tontería humana se depura y afina en ellos porque se ríe de sí misma, y la tontería cuando da en reírse de sí deja de ser tal tontería. El chiste, el camelo, la pega, la redimen.

¡Pero esos casinos con su reglamento, en el que suele haber aquel infamante artículo de «se prohíben» las discusiones de religión y de política» —¿y de qué van a discutir?—, y con su biblioteca más desmoralizadora aún que la llamada sala del crimen! ¡Esa biblioteca, que alguna vez se le enseña al forastero, y en la que no falta el Diccionario de la Real Academia Española para resolver las disputas, con apuesta, sobre el valor de una palabra y si está mejor dicha así o del otro modo...! Mientras que en el café...

Mas no temas, querido Felipe, que me vaya ahora a refugiar, para consolarme de la muerte de Don Sandalio, en alguno de los cafés de la villa, no. Apenas si he entrado en alguno de ellos. Una vez, a tomar un refresco en uno que estaba a aquella hora solitario. Había grandes espejos, algo opacos, unos frente a otros, y yo entre ellos me veía varias veces reproducido, cuanto más lejos más brumoso, perdiéndome en lejanías como de triste ensueño. ¡Qué monasterio de solitarios el que formábamos todas las imágenes aquéllas, todas aquellas copias de un original! Empezaba ya a desasosegarme esto cuando entró otro prójimo en el local, y al ver cruzar por el vasto campo de aquel ensueño todas sus reproducciones, todos sus repetidos, me salí huido.

Y ahora voy a contarte lo que me pasó una vez en un café de Madrid, en el cual estaba yo soñando como de costumbre cuando entraron cuatro chulos que se pusieron a discutir de toros. Y a mí me divertía oírles discutir, no lo que habían visto en la plaza de toros, sino lo que habían leído en las revistas taurinas de los periódicos. En esto entró un sujeto que se puso allí cerca, pidió café, sacó un cuadernillo y empezó a tomar notas en él. No bien le vieron los chulos, parecieron recobrarse, cesaron en su discusión, y uno de ellos, en voz alta y con cierto tono de desafío, empezó a decir: «¿Sabéis lo que os digo? Pues que ese tío que se ha puesto ahí con su cuadernillo y como a tomar la cuenta de la patrona, es uno de esos que vienen por los cafés a oír lo que decimos y a sacarnos luego en los papeles... ¡Que le saque a su abuela!» Y por este tono, y con impertinencias mayores, la emprendieron los cuatro con el pobre hombre —acaso no era más que un revistero de toros—, de tal manera que tuvo que salirse. Y si es que en vez de revistero de toros era uno de esos noveladores de novelas realistas o de costumbrismo, que iba allí a documentarse, entonces tuvo bien merecida la lección que le dieron.

No, yo no voy a ningún café a documentarme; a lo más, a buscar una sala de espejos en que nos juntemos, silenciosamente y a distancia, unas cuantas sombras humanas que van esfumándose a lo lejos. Ni vuelvo al Casino; no, no vuelvo a él.

Podrás decirme que también el Casino es una especie de galería de espejos empañados, que también en él nos vemos, pero... Recuerda lo que tantas veces hemos comentado de Píndaro, el que dijo lo de «¡hazte el que eres!», pero dijo también —y en relación con ello— lo de que el hombre es «sueño de una sombra». Pues bien: los socios del Casino no son sueños de sombras, sino que son sombras de sueños, que no es lo mismo. Y si Don Sandalio me atrajo allí fue porque le sentí soñar, soñaba el ajedrez, mientras que los otros... Los otros son sombras de sueños míos.

No, no vuelvo al Casino; no vuelvo a él.. El que no se vuelve loco entre tantos tontos es más tonto que ellos.

XX

10 de noviembre.

Todos estos días he andado más huido aún de la gente, con más hondo temor de oír sus tonterías. De la playa al monte y del monte a la playa, de ver rodar las olas a ver rodar las hojas por el suelo. Y alguna vez también a ver rodar las hojas a las olas.

Hasta que ayer, pásmate, Felipe, ¿quién crees que se me presentó en el hotel pretendiendo tener una conferencia conmigo? Pues nada menos que el yerno de Don Sandalio.

—Vengo a verle —empezó diciéndome— para ponerle al corriente de la historia de mi pobre suegro...

—No siga usted —le interrumpí—, no siga usted. No quiero saber nada de lo que usted va a decirme, no me interesa nada de lo que pueda decirme de Don Sandalio. No me importan las historias ajenas, no quiero meterme en las vidas de los demás...

—Pero es que como yo le oía hablar tanto a mi suegro de usted...

—¿De mí?, ¿y a su suegro? Pero si su suegro apenas me conocía..., si Don Sandalio acaso ni sabía mi nombre...

—Se equivoca usted.

—Pues si me equivoco, prefiero equivocarme.

Y me choca que Don Sandalio hablase de mí, porque Don Sandalio no hablaba de nadie ni apenas de nada.

—Eso era fuera de casa.

—Pues de lo que hablase dentro de casa no se me da un pitoche.

—Yo creí, señor mío —me dijo entonces—, que había usted cobrado algún apego, acaso algún cariño a Don Sandalio...

—Sí —le interrumpí vivamente—, pero a mi Don Sandalio, ¿lo entiende usted?, al mío, que jugaba conmigo silenciosamente al ajedrez, y no al de usted, no a su suegro. Podrán interesarme los ajedrecistas silenciosos, pero los suegros no me interesan nada. Por lo que le ruego que no insista en colocarme la historia de su Don Sandalio, que la del mío me la sé yo mejor que usted.

—Pero al menos —me replicó— consentirá usted a un joven que le pida un consejo...

—¿Consejos?, ¿consejos yo? o, yo no puedo aconsejar nada a nadie.

—De modo que se niega...

—Me niego redondamente a saber nada más de lo que usted pueda contarme. Me basta con lo que yo me invento.

Me miró el yerno de una manera no muy diferente a como me miraba su suegro cuando le hablé del obispo loco, del alfil de marcha soslayada, y encogiéndose de hombros, se me despidió y salióse de mi cuarto. Y yo me quedé pensando si acaso Don Sandalio comentaría en su casa, ante su hija y su yerno, aquella mi disertación sobre el elefantino obispo loco del ajedrez. Quién sabe...

Y ahora me dispongo a salir de esta villa, a dejar este rincón costero y montañés. Aunque ¿podré dejarlo?, ¿no quedo sujeto a él por el recuerdo de Don Sandalio sobre todo? No, no, no puedo salir de aquí.

XXI

15 de noviembre.

Ahora empiezo a hacer memoria, empiezo a remembrar y reconstruir ciertos oscuros ensueños que se me cruzaron en el camino, sombras que nos pasan por delante o por el lado, desvanecidas y como si pasasen por una galería de espejos empañados. Alguna vez, al volver de noche a mi casa, me crucé en el camino con una sombra humana que se proyectó sobre lo más hondo de mi conciencia, entonces como adormilada, que me produjo una extraña sensación y que al pasar a mi lado bajó la cabeza así como si evitara el que yo le reconociese. Y he dado en pensar si es que acaso no era Don Sandalio, pero otro Don Sandalio, el que yo no conocía, el no ajedrecista, el del hijo que se le murió, el del yerno, el que hablaba, según éste, de mí en su casa, el que se murió en la cárcel. Quería, sin duda, escapárseme, huía de que yo le reconociera.

Pero ¿es que cuando así me crucé, o se me figura ahora que me crucé, con aquella sombra humana, de espejo empañado, que hoy, a la distancia en el pasado, se me hace misteriosa, iba yo despierto, o dormido? ¿O es que ahora se me presentan como recuerdos de cosas pasadas —yo creo, ya lo sabes, y vaya de paradoja, que hay recuerdos de cosas futuras como hay esperanzas de cosas pasadas, y esto es la añoranza—, figuraciones que acabo de hacerme? Porque he de confesarte, Felipe mío, que cada día me forjo nuevos recuerdos, estoy inventando lo que me pasó y lo que pasó por delante de mí. Y te aseguro que no creo que nadie pueda estar seguro de qué es lo que le ocurrió y qué es lo que está de continuo inventando que le había ocurrido. Y ahora yo, sobre la muerte de Don Sandalio, me temo que estoy formando otro Don Sandalio. Pero ¿me temo?, ¿temer?, ¿por qué?

Aquella sombra que se me figura ahora, a trasmano, a redrotiempo, que vi cruzar por la calle con la cabeza baja —¿la suya o la mía?—, ¿sería la de Don Sandalio que venía de topar con uno de esos problemas que nos ofrece traidoramente el juego de la vida, acaso con el problema que le llevó a la cárcel y en la cárcel a la muerte?

XXII

20 de noviembre.

No, no te canses, Felipe; es inútil que insistas en ello. No estoy dispuesto a ponerme a buscar noticias de la vida familiar e íntima de Don Sandalio, no he de ir a buscar a su yerno para informarme de por qué y cómo fue a parar su suegro a la cárcel ni de por qué y cómo se murió en ella. No me interesa su historia, me basta con su novela. Y en cuanto a ésta, la cuestión es soñarla.

Y en cuanto a esa indicación que me haces de que averigüe siquiera cómo es o cómo fue la hija de Don Sandalio —cómo fue si el yerno de éste está viudo por haberse muerto la tal hija— y cómo se casó, no esperes de mí tal cosa. Te veo venir, Felipe, te veo venir. Tú has echado de menos en toda esta mi correspondencia una figura de mujer y ahora te figuras que la novela que estás buscando, la novela que quieres que yo te sirva, empezará a cuajar en cuanto surja ella. ¡Ella! ¡La ella del viejo cuento! Sí, ya sé, «¡buscad a ella!» Pero yo no pienso buscar ni a la hija de Don Sandalio ni a otra ella que con él pueda tener relación. Yo me figuro que para Don Sandalio no hubo otra ella que la reina del ajedrez, esa reina que marcha derecha, como una torre, de blanco en negro y de negro en blanco y a la vez de sesgo como un obispo loco y elefantino, de blanco en blanco o de negro en negro; esa reina que domina el tablero, pero a cuya dignidad de imperio puede llegar, cambiando de sexo, un triste peón. Ésta creo que fue la única reina de sus pensamientos.

No sé qué escritor de esos obstinados por el problema del sexo dijo que la mujer es una esfinge sin enigma. Puede ser; pero el problema más hondo de la novela, o sea el juego de nuestra vida, no está en cuestión sexual, como no está en cuestión de estómago. El problema más hondo de nuestra novela, de la tuya, Felipe, de la mía, de la de Don Sandalio, es un problema de personalidad, de ser o no ser, y no de comer o no comer, de amar o ser amado; nuestra novela, la de cada uno de nosotros, es si somos más que ajedrecistas o tresillistas, o tutistas, o casineros, o... la profesión, oficio, religión o deporte que quieras, y esta novela se la dejó a cada cual que se la sueñe como mejor le aproveche, le distraiga o le consuele. Puede ser que haya esfinges sin enigma —y éstas son las novelas de que gustan los casineros—, pero hay también enigmas sin esfinge. La reina del ajedrez no tiene el busto, los senos, el rostro de mujer de la esfinge que se asienta al sol entre las arenas del desierto, pero tiene su enigma. La hija de Don Sandalio puede ser que fuese esfíngica y el origen de su tragedia, íntima, pero no creo que fuese enigmática, y, en cambio, la reina de sus pensamientos era enigmática aunque no esfíngica: la reina de sus pensamientos no se estaba asentada al sol entre las arenas del desierto,

171

sino que recorría el tablero, de cabo a cabo, ya derechamente, ya de sesgo. ¿Quieres más novela que ésta?

XXIII

28 de noviembre.

¡Y dale con la colorada! Ahora te me vienes con eso de que escriba por lo menos la novela de Don Sandalio el ajedrecista. Escríbela tú si quieres. Ahí tienes todos los datos, porque no hay más, que los que yo te he dado en estas mis cartas. Si te hacen falta, otros, invéntalos recordando lo de nuestro Pepe *el Gallego.* Aunque, en todo caso, ¿para qué quieres más novela que la que te he contado? En ella está todo. Y al que no le baste con ello, que añada de su cosecha lo que necesite. En esta mi correspondencia contigo está toda mi novela del ajedrecista, toda la novela de mi ajedrecista. Y para mí no hay otra.

¿Que te quedas con la gana de más, de otra cosa? Pues, mira, busca en esa ciudad en que vives un café solitario —mejor en los arrabales—, pero un café de espejos, enfrentados y empañados, y ponte en medio de ellos y échate a soñar. Y a dialogar contigo mismo. Y es casi seguro que acabarás por dar con tu Don Sandalio. ¿Que no es el mío? ¡Y que más da! ¿Que no es ajedrecista? Sería billarista o futbolista o lo que fuere. O será novelista. Y tú mismo mientras así le sueñes y con él dialogues te harás novelista. Hazte, pues, Felipe mío, novelista y no tendrás que pedir novelas a los demás. Un novelista no debe leer novelas ajenas, aunque otra cosa diga Blasco Ibáñez, que asegura que él apenas lee más que novelas.

Y si es terrible caer como en profesión en fabricante de novelas, mucho más terrible es caer como en profesión en lector de ellas. Y créeme que no habría fábricas, como esas americanas, en que se producen artículos en serie, si no hubiese una clientela que consume los artículos seriados, los productos con marca de fábrica.

Y ahora, para no tener que seguir escribiéndote y para huir de una vez de este rincón donde me persigue la sombra enigmática de Don Sandalio el ajedrecista, mañana mismo salgo de aquí y voy a ésa para que continuemos de palabra este diálogo sobre su novela.

Hasta pronto, pues, y te abraza por escrito tu amigo.

EPÍLOGO

He vuelto a repasar esta correspondencia que me envió un lector desconocido, la he vuelto a leer una y más veces, y cuanto más la leo y la estudio más me va ganando una sospecha y es que se trata, siquiera en parte, de una ficción para colocar una especie de autobiografía amañada. O sea que el Don Sandalio es el mismo autor de las cartas, que se ha puesto fuera de sí para mejor representarse y a la vez disfrazarse y ocultar su verdad. Claro está que no ha podido contar lo de su muerte y la conversación de su yerno con el supuesto corresponsal de Felipe, o sea consigo mismo, pero esto no es más que un truco novelístico.

¿O no será acaso que el Don Sandalio, el mi Don Sandalio, del epistolero, no es otro que el mi querido Felipe mismo? ¿Será todo ello una auto-biografía novelada del Felipe destinatario de las cartas y al parecer mi desconocido lector mismo? ¡El autor de las cartas! ¡Felipe! ¡Don Sandalio el ajedrecista! ¡Figuras todas de una galería de espejos empañados!

Sabido es, por lo demás, que toda biografía,

histórica o novelesca —que para el caso es igual—, es siempre autobiográfica, que todo autor que supone hablar de otro no habla en realidad más que de sí mismo y, por muy diferente que este sí mismo sea de él propio, de él tal cual se cree ser. Los más grandes historiadores son los novelistas, los que más se meten a sí mismos en sus historias, en las historias que inventan.

Y por otra parte, toda autobiografía es nada menos que una novela. Novela las Confesiones, desde San Agustín, y novela las de Juan Jacobo Rousseau y novela el Poesía y verdad, de Goethe, aunque éste, ya al darle el título que les dio a sus Memorias, vio con toda su olímpica clarividencia que no hay más verdad verdadera que la poética, que no hay más verdadera historia que la novela.

Todo poeta, todo creador, todo novelador —novelar es crear—, al crear personajes se está creando a sí mismo, y si le nacen muertos es que él vive muerto. Todo poeta, digo, todo creador, incluso el Supremo Poeta, el Eterno Poeta, incluso Dios, que al crear la Creación, el Universo, al estarlo creando de continuo, poematizándolo, no hace sino estarse creando a Sí mismo en su Poema, en su Divina Novela.

Por todo lo cual, y por mucho más que me callo, nadie me quitará de la cabeza que el autor de estas cartas en que se nos narra la biografía de Don Sandalio, el jugador de ajedrez, es el mismo Don Sandalio, aunque para despistarnos nos hable *de su propia muerte y de algo que poco después de ella pasó.*

No faltará, a pesar de todo, algún lector materialista, de esos a quienes les falta tiempo material —¡tiempo material!, ¡qué expresión tan reveladora!— para bucear en los más hondos problemas del juego de la vida, que opine que yo debí, con los datos de estas cartas, escribir la novela de Don Sandalio, inventar la resolución del problema misterioso de su vida y hacer así una novela, lo que se llama una novela. Pero yo, que vivo en un tiempo espiritual, me he propuesto escribir la novela de una novela —que es algo así como sombra de una sombra—, no la novela de un novelista, no, sino la novela de una novela, y escribirla para mis lectores, para los lectores que yo me he hecho a la vez que ellos me han hecho a mí. Otra cosa ni me interesa mucho ni les interesa mucho a mis lectores, a los míos. Mis lectores, los míos, no buscan el mundo coherente de las novelas llamadas realistas —¿no es verdad, lectores míos?—; mis lectores, los míos, saben que un argumento no es más que un pretexto para una novela, y que queda, ésta, la novela, toda entera, y más pura, más interesante, más novelesca, si se le quita el argumento. Por lo demás, yo ya ni necesito que mis lectores —como el desconocido que me proporcionó las cartas de Felipe—, los míos, me proporcionen argumentos para que yo les dé las novelas, prefiero, y estoy seguro de que ellos han de preferirlo, que les dé yo las novelas y ellos les pongan argumentos. No son mis lectores de los que al ir a oír una ópera o ver una película de cine —sonoro o no— compran antes el argumento para saber a qué atenerse.

Salamanca, diciembre 1930.

UN POBRE HOMBRE RICO
O EL SENTIMIENTO
CÓMICO DE LA VIDA

Dilectus meus misit manum suam
per foramen, et venter meus in-
tremuit ad tactum eius.

(Cantica Canticorum, v, 4.)

Emeterio Alfonso se encontraba a sus veinticuatro años soltero, solo y sin obligaciones de
familia, con un capitalillo modesto y empleado a
la vez en un Banco. Se acordaba vagamente de su
infancia y de cómo sus padres, modestos artesanos que a fuerza de ahorro amasaron una fortu-
nita, solían exclamar al oírle recitar los versos del
texto de retórica y poética: «¡Tú llegarás a ministro!» Pero él, ahora, con su rentita y su sueldo,
no envidiaba a ningún ministro.

Era Emeterio un joven fundamental y radicalmente ahorrativo. Cada mes depositaba en el
Banco mismo en que prestaba sus servicios el
fruto de su ahorro mensual. Y era ahorrativo, lo
mismo que en dinero, en trabajo, en salud, en
pensamiento y en afecto. Se limitaba a cumplir,
y no más, en su labor de oficina bancaria, era
aprensivo y se servía de toda clase de preservati-
vos, aceptaba todos los lugares comunes del sentido también común, y era parco en amistades.
Todas las noches al acostarse, casi siempre a la
misma hora, ponía sus pantalones en esos apara-

181

tos que sirven para mantenerlos tersos y sin
arrugas.

Asistía a una tertulia de café donde reía las
gracias de los demás y él no se cansaba en hacer
gracia. El único de los contertulianos con quien
llegó a trabar alguna intimidad fue Celedonio
Ibáñez, que le tomó de «¡oh amado Teótimo!»
para ejercer sus facultades. Celedonio era discípulo de aquel extraordinario Don Fulgencio En-
trambosmares del Aquilón, de quien se dio pro-
lija cuenta en nuestra novela *Amor y pedagogía*.

Celedonio enseñó a su admirador Emeterio a
jugar al ajedrez y le metió en el arte entretenido,
inofensivo, honesto y saludable de descifrar charadas, jeroglíficos, logogrifos, palabras cruzadas
y demás problemas inocentes. Celedonio, por su
parte, se dedicaba a la economía pura, no a la
política, cálculo diferencial e integral y todo. Era
el consejero, casi el confesor de Emeterio. Y éste
estaba al tanto del sentido de lo que pasaba por
los comentarios de Celedonio, y en cuanto a lo
que pasaba sin sentido, enterábase de ello por *La
Correspondencia de España*, que leía a diario,
cada noche, al acostarse. Los sábados se permitía
el teatro, pero a ver comedias o sainetes, no
dramas.

Tal era, por fuera, en la exterioridad, la vida
apacible y metódica de Emeterio; en la interioridad, si es que no en la intimidad, era un huésped,
huésped de la casa de pupilos de Doña Tomasa.

Su interioridad era la hospedería, la casa de huéspedes; ésta su hogar y su única familia sustitutiva.

El personal de la casa de huéspedes, compuesto de viajantes de comercio, estudiantes, opositores a cátedras y gentes de ocupaciones ambiguas, se renovaba frecuentemente. El pupilo más fijo era él, Emeterio, que iba acercándose desde la interioridad a la intimidad de la casa de Doña Tomasa.

El corazón de esta intimidad era Rosita, la única hija de Doña Tomasa, la que le ayudaba a llevar el negocio y la que servía a la mesa a los huéspedes con gran contento de éstos. Porque Rosita era fresca, apetitosa y aperitiva y hasta provocativa. Se resignaba sonriente a cierto discreto magreo, pues sabía que las tentarujas encubrían las deficiencias de las chuletas servidas, y aguantaba los chistes verdes y aun los provocaba y respondía. Rosita tenía veinte años floridos. Y entre los huéspedes, al que en especial dedicaba sus pestañeos, sus caídas de ojos, era a Emeterio. «¡A ver si le pescas...!», solía decirle su madre, Doña Tomasa, y ella, la niña: «O si le cazo...» «¿Pero es que es carne o pescado?» «Me parece, madre, que no es carne ni pescado, sino rana.» «¿Rana? Pues encandílale, hija, encandílale, ¿para qué quieres, si no, esos ojos?» «Bueno, madre, pero no haga así de encandiladora, que me basto yo sola.» «Pues a ello, ¿eh?, ¡y tacto!» Y así es como Rosita se puso a encandilar a Emeterio, o

183

Don Emeterio, como ella le llamaba siempre, encontrándole hasta guapo.

Emeterio trataba a la vez, ahorrativamente, de aprovecharse y de defenderse, porque no quería caer de primo. Escocíale, además —además de otros escocimientos—, que los huéspedes seguían con sonrisas que a él, a Emeterio, se le antojaban compasivas, las maniobras y ojeadas de Rosita; todos menos Martínez, que las miraba con toda la seriedad de un opositor a cátedras de psicología que era. «Pero no, no, a mí no me pesca —se decía Emeterio— esta chiquilla; ¡cargar yo con ella y con Doña Tomasa encima! ¡El buey suelto bien se lame.., buey..., buey..., pero no toro!»

—Además —le decía Emeterio, y como en confesión, a Celedonio—, esa chiquilla sabe demasiado. ¡Tiene una táctica...!

—Pues tú, Emeterio, contra táctica... ¡tacto!

—Al contrario, Celedonio, al contrario. Su táctica sí que es tacto, táctica de tacto. ¡Si vieras cómo se me arrima! Con cualquier pretexto, y como quien no quiere la cosa, a rozarme. Me quiere seducir, no cabe duda. Y yo no sé si a la vez...

—¡Vamos, Emeterio, que los dedos se te antojan huéspedes!

—Al revés, son los huéspedes los que se me antojan dedos. Y luego ese Martínez, el opositor de turno, que se la come con los ojos mientras masculla el bisteque, y a quien parece que le tiene como sustituto por si yo le fallo.

—¡Fállala, pues, Emeterio, fállala!

—Y si vieras las mañas que tiene... Una vez, cuando empezaba yo a leer el folletín de *La Corres*, se me metió en el cuarto, y haciendo como que se ruborizaba, ¡qué colores!, dijo: «¡Ay, perdone, Don Emeterio, me había equivocado...!»

—¿Te trata de Don?

—Siempre. Y cuando alguna vez le he dicho que deje el Don, que me llame Emeterio a secas, ¿sabes lo que me ha respondido? Pues: «¿A secas? A secas, no, Don Emeterio, con Don...» Y eso de fingir que se equivoca y metérseme en el cuarto...

—Estás en casa de su madre, Doña Tomasa y me temo que, como dice la Escritura, no te meta en el cuarto de la que la parió...

—¿La Escritura? ¿Pero la Sagrada Escritura dice esas cosas...?

—Sí, es el místico Cantar de los Cantares en que, como en un ombligo, han bebido tantas almas sedientas de amor trasmundano. Y esto del ombligo en que se bebe es también, por supuesto, bíblico.

—Pues tengo que huir, Celedonio, tengo que huir. Esa chiquilla no me conviene para mujer propia...

—¿Y ajena?

—Y de todos modos, ¡líos no, líos no! O hacer

las cosas como Dios manda, o no hacerlas...

—Sí, y Dios manda: ¡creced y multiplicaos! Y tú, por lo que se ve, no quieres multiplicarte.

—¿Multiplicarme? Hartas multiplicaciones hago en el Banco. ¿Multiplicarme?, ¡por mí mismo!

—Vamos, sí, elevarte al cubo. ¡Vaya una elevación!

Y, en efecto, todo el cuidado de Emeterio era defenderse de la táctica envolvente de Rosita.

—Vaya —llegó una vez a decirme—, ya veo que tratas de encandilarme, pero es trabajo perdido...

—¿Pero qué quiere usted decirme con eso, Don Emeterio?

—¡Aunque perdido no! Porque luego me voy por ahí y... ¡a tu salud, Rosita!

—¿A mi salud? Será a la suya...

—Sí, a la mía, pero con precauciones...

¡Pobre Emeterio! Rosita le cosía los botones que se le rompían, por lo cual él dejaba que se le rompieran; Rosita solía hacerle la corbata diciéndole: «Pero venga usted acá, Don Emeterio; ¡qué Adán es usted!... venga a que le ponga bien esa corbata...»; Rosita le recogía los sábados la ropa sucia, salvo alguna prenda que alguna vez él hurtaba para llevársela a la lavandera. Rosita le llevaba a la cama el ponche caliente cuando alguna vez tenía que acostarse más temprano por causa

186

del catarro. Él, en cambio, llegó algún sábado a llevarla al teatro, a ver algo de reír.

Un día de Difuntos la llevó a ver el *Tenorio*. «¿Y por qué, Don Emeterio, se ha de dar esto el día de Difuntos?» «Pues por el Comendador...» «Pero ese Don Juan me parece un panoli.»

Y con todo ello, Emeterio, el ahorrativo, no caía.

—Para mí —le decía Doña Tomasa a su hija— que este panoli tiene por ahí algún lío...

—¡Qué ha de tenerlo, madre, qué ha de tenerlo! ¿Líos él? Lo habría yo olido...

—Y si la prójima no se perfuma...

—Le habría olido a prójima sin perfumar...

—¿Y una novia formal?

—¿Novia formal él? Menos.

—¿Pues entonces?

—Que no le tira el casorio, madre, que no le tira... Le tirará otra cosa...

—Pues entonces, hija, estamos haciendo el paso, y tú no puedes perder así el tiempo. Habrá que recurrir a Martínez, aunque apenas si es proporción. Y di, ¿qué librejos son esos que te ha dado a leer...?

—Nada, madre, paparruchas que escriben sus amigos.

—Mira a ver si le da a él por escribir noveluchas de ésas y nos saca en alguna de ellas a nosotras...

—¿Y qué más querría usted, madre?

—¿Yo?, ¿verme yo en papeles?

Por fin, Emeterio, después de haberlo tratado y consultado con Celedonio, acordó huir de la tentación. Aprovechó para ello unas vacaciones de verano para irse a un balneario a ahorrar salud, y al volver a la Corte, a restituirse a su Banco, trasladarse con su mundo a otra casa de huéspedes. Porque su mundo, su viejo mundo, lo dejó, al irse de veraneo, en casa de Doña Tomasa y como en prenda, llevándose no más que una maleta consigo. Y al volver no se atrevió ni a ir a despedirse de Rosita, sino que, con una carta, mandó a pedir su mundo.

¡Pero lo que ello le costó! ¡Las noches de pesadillas que le atormentó el recuerdo de Rosita! ¡Ahora era cuando comprendió cuán hondamente prendado quedó de ella, ahora era cuando en la oscuridad del lecho le perseguía aquel pestañeo llamativo! «Llamativo —se decía— porque me llama, porque es de llama, de llama de fuego, y también porque sus ojos tienen la dulzura peligrosa de los de la llama del Perú... ¿He hecho bien en huir? ¿Qué de malo hay en Rosita? ¿Por qué le he cobrado miedo? El buey suelto..., pero me parece que los lametones del buey son peores para la salud...»

—Duermo mal y sueño peor —le decía a Celedonio—, me falta algo, me siento ahogar...

—Te falta la tentación, Emeterio, no tienes con quién luchar.

—Es que no hago sino soñar con ella, y ya Rosita se me ha convertido en pesadilla...

—¿Pesadilla, eh?, ¿pesadilla?

—No puedo olvidar, sobre todo, su caída de ojos, su pestañeo...

—Te veo en camino de escribir un tratado de estética.

—Mira, no te lo he dicho antes. Tú sabes que tengo siempre en mi cuarto un calendario americano, de esos de pared, para saber el día en que estoy...

—Será para descifrar la charada o el jeroglífico de cada día...

—También, también. Pues el día en que salí de casas de Doña Tomasa llevándome, ¡claro!, el calendario en el fondo del viejo mundo, no arranqué la hoja...

—¡Renunciando a la charada de aquel día solemne!

—Sí, no la arranqué, y así seguí y así la tengo aún.

—Pues eso me recuerda, Emeterio, lo de aquel recién casado que al morírsele la mujer dio un golpe al reloj, un golpecito, lo hizo pararse y siguió con él, marcando aquel trágico momento, las siete y trece, parado y sin arreglarlo.

—No está mal, Celedonio, no está mal.

—Pues yo creo que habría estado mejor que en aquel momento le hubiese arrancado al reloj y el minuto y el horario, pero siguiendo dándole cuerda, y así si le preguntaban: «¿Qué hora es, caballero?», poder responder: «¡Anda pero no marca!», en vez de «¡Marca, pero no anda!» ¿Llevar un reloj parado...?, ¡jamás! Que ande, aunque no marque hora.

Y continuó Emeterio cultivando la tertulia del café, riendo los chistes de los demás, yendo al teatro los sábados, llevando al fin de cada mes sus ahorros al Banco en que servía, ahorros que aumentaban con los relieves de los anteriores ahorros, y cuidando, con toda clase de precauciones ahorrativas, de su salud de soltero que bien se lame. Pero ¡qué vacío en su vida! No, no, la tertulia no era vida. Y aun uno de los contertulios, el más chistoso y ocurrente, un periodista, se le presentó un día en el Banco a darle un sablazo, y como él se le negara, le espetó: «¡Usted me ha estafado!» «¿Yo?» «¡Sí, usted, porque a la tertulia va cada uno en su concepto y da lo que tiene; yo le he hecho reír, le he divertido, usted nada dice allí, usted no va más que como hombre acomodado; acudo a usted en su concepto y se me niega, luego usted me ha estafado, usted me ha estafado!» «Pero es que yo, señor mío, no voy allá como rico, sino como consumidor...» «¿Consumidor de qué?» «¡De chiste! ¡He reído los de usted, y en paz!» «Consumidor..., consumidor... ¡Lo que hace usted es consumirse!» Y así era la verdad.

¡Y la nueva casa de huéspedes!

—¡Qué casa, Celedonio, qué casa! Aunque eso

no es casa, es mesón o posada o parador. ¡La de Doña Tomasa sí que era casa!

—Sí, una casa de pupilos.

—Y ésta una casa de pupilas, porque ¡qué criadas!, ¡qué bestias! Al fin Rosita era una hija de la casa, una hija de casa y en la suya no tuve que rozarme con criadas...

—¿Con pupilas, quieres decir?

—¡Pero en este mesón! Ahora hay una Maritornes que se empeña en freír los huevos nadando en aceite, y cuando al traérmelos a la mesa se lo reprendo, me sale con que eso es *¡pa untar!* ¡Figúrate!

—Claro, Rosita freía los huevos como hija de casa...

—¡Pues claro!, cuidando por mi salud; pero estas bestias... Y luego se ha empeñado en ponerme el mundo pegado a la pared, con lo cual, ya ves, no se puede abrir bien, porque mi mundo es de esos antiguos que tienen la cubierta en comba...

—Vamos, sí, como el cielo, cóncava-convexa.

—¡Ay Celedonio, por qué dejé aquella casa!

—Quieres decir que en esta casa no se te encandila...

—Ésta no tiene nada de hogar..., de fogón...

—¿Y por qué no vas a otra?

—Todas son iguales...

—Depende del precio. Según el precio, el trato.

—No, no; en casa de Doña Tomasa no me

trataban según el precio, sino como de la casa...

—Claro, no era para ti una casa de trato. Es que iban tras de otra casa.

—Con buen fin, Celedonio, con buen fin. Porque empiezo a darme cuenta de que Rosita estaba enamorada de mí, sí, como lo oyes; enamorada de mí desinteresadamente. Pero yo... ¿por qué salí?

—Preveo, Emeterio, que vas a volver a casa de Rosita...

—No, ya no, no puede ser. ¿Cómo explico mi vuelta? ¿Qué dirán los otros huéspedes?, ¿qué pensará Martínez?

—Martínez no piensa, te lo aseguro; se prepara a explicar psicología...

Algún tiempo después contaba Emeterio:

—¿Sabes, Celedonio, con quién me encontré ayer?

—Con Rosita, ¡claro! ¿Iba sola?

—No, no iba sola; iba con Martínez, ya su marido; pero además, ella, Rosita, su persona, no iba sola...

—No te entiendo; como no quieras decir que iba acompañada, o sea en estado calamocano...

—No, iba en lo que llaman estado interesante. Ella misma se apresuró a decírmelo, y con qué mirada de triunfo, con qué pestañeo de arriba abajo: «Estoy, ya lo ve usted, Don Emeterio, en estado interesante.» Y me quedé pensado cuál será el interés de ese estado.

—¡Claro!, observación muy natural de parte

de un empleado de banca. En cambio, el otro, Martínez, sería curioso saber qué piensa de ese estado en relación con la psicología, lógica y ética. Y bien, ¿qué efecto te causó todo ello?

—¡Si vieras...! Rosita ha ganado con el cambio...

—¿Con qué cambio?

—Con el cambio de estado; se ha redondeado, se ha amatronado... Si vieras con qué majestuosa solemnidad caminaba apoyándose en el brazo de Martínez...

—Y tú, de seguro, te quedaste pensando: «¿Por qué no caí?, ¿por qué no me tiré... de cabeza al matrimonio?» Y te arrepentiste de tu huida, ¿no es así?

—Algo hay de eso, sí algo hay de eso...

—¿Y Martínez?

—Martínez me miraba con una sonrisa seria y como queriendo decirme: «¿No la quisiste?, ¡es ya mía!»

—Y suyo el crío...

—O cría. Porque si hubiera sido mío, saldría crío, pero... ¿de Martínez?

—Me parece que sientes ya celos de Martínez...

—¡Qué torpe anduve!

—¿Y Doña Tomasa?

—¿Doña Tomasa? Ah, sí; Doña Tomasa se murió, y eso parece ser que le movió a Rosita a casarse para poder seguir teniendo la casa con respeto...

—¿Y así Martínez pasó de pupilo a pupilero?

—Cabal, pero siguiendo dando sus lecciones particulares y haciendo sus oposiciones. Y ahora, parece providencial, ha ganado por fin cátedra y se va a ella con su mujer y con lo que ésta lleva consigo...

—¡Lo que te has perdido, Emeterio!

—¡Y lo que se ha perdido Rosita!

—¡Y lo que ha ganado Martínez!

—¡Psé!, una cátedra de tres al cuarto. Pero yo ya no tendré hogar, viviré como un buey suelto..., lamiéndome... ¡Qué vida, Celedonio, qué vida...!

—¡Pero si lo que sobran son mujeres...!

—¡Como Rosita, no; como Rosita, no! ¡Y lo que ha ganado con el cambio!

—Una cátedra también.

—Te digo, Celedonio, que ya no soy hombre.

Y, en efecto, toda la vida íntima, toda la oculta intimidad del pobre Emeterio Alfonso —Alfonso era apellido, por lo que Celedonio le aconsejaba que se firmase Emeterio de Alfonso, con un *de* de nobleza—, toda su vida íntima se iba sumiendo en una sima de mortal indiferencia. Y ni le hacían gracia los chistes ni gozaba en descifrar charadas, jeroglíficos y logogrifos; ya la vida no tenía encantos para él. Dormía, pero su corazón velaba, como dice místicamente el Cantar de los Cantares, y la vela de su corazón era el ensueño. Dormía su cabeza, pero su corazón soñaba. En la oficina hacía cuentas con la cabeza dormida mientras su corazón soñaba con Rosita y con Rosita en estado interesante. Así tenía que calcular intereses ajenos. Y sus jefes le tuvieron que llamar la atención sobre ciertas equivocaciones. Una vez le llamó Don Hilarión y le dijo:

—Querría hablar con usted, señor Alfonso.

—Diga, Don Hilarión.

—No es que no estemos satisfechos de sus servicios, señor Alfonso, no. Es usted un empleado modelo, asiduo, laborioso, discreto. Y además es usted cliente del Banco. Aquí es donde deposita usted sus ahorros. Y por cierto que se va usted fraguando una fortunilla regular. Pero me permitirá usted, señor Alfonso, una pregunta, no de superior jerárquico, sino casi de padre...

—No puedo olvidar, Don Hilarión, que fue usted íntimo amigo de mi padre y que a usted más que a nadie debo este empleíllo que me permite ahorrar los intereses de lo que me dejó aquél; usted, pues, tiene derecho a preguntarme lo que guste...

—¿Para qué quiere usted ahorrar así y hacerse rico?

Emeterio se quedó atolondrado como ante un golpe que no sabe de dónde viene ni a dónde va. ¿Qué se proponía Don Hilarión con esa pregunta?

—Pues... pues... no sé —balbuceó.

—¿Es ahorrar por ahorrar? ¿Hacerse rico para ser rico?

—No sé, Don Hilarión, no sé...; me entusiasma el ahorro...

—¿Pero ahorrar un soltero y... sin obligaciones?

—¿Obligaciones? —y Emeterio se alarmó—. No, no tengo obligaciones; le juro, Don Hilarión, que no las tengo...

—Pues entonces no me explico...

—¿Qué es lo que no se explica usted, Don Hilarión?, dígamelo claro.

—Sus frecuentes distracciones, las equivocaciones que de algún tiempo acá se le escapan en sus cuentas. Y ahora, un consejo.

—El que usted me dé, Don Hilarión.

—Lo que a usted le conviene, señor Alfonso, para curarse de esas distracciones es... ¡casarse! Cásese usted, señor Alfonso, cásese usted. Nos dan mejor rendimiento los casados.

—Pero ¿casarme yo, Don Hilarión?, ¿yo? ¿Emeterio Alfonso? ¿Casarme yo? ¿Y con quién?

—¡Piénselo bien en vez de distraerse tanto, y cásese, señor Alfonso, cásese!

Y entró Emeterio en una vida imposible, de profunda soledad interior. Huía de la tertulia tradicional y se iba a cafés apartados, de los arrabales, donde nadie le conocía ni él a nadie. Y observaba con tristeza, sobre todo los domingos, aquellas familias de artesanos y de pequeños burgueses —acaso alguno catedrático de psicología— que iban, el matrimonio con sus hijos, a tomar café con media tostada oyendo el concierto popular de piano. Y cuando veía que la madre limpiaba los mocos a uno de sus pequeñuelos, se acordaba de los cuidados maternales, sí, maternales, que solía tener con él la Rosita en casa de Doña Tomasa. Y se iba con el pensamiento a la oscura y apartada ciudad provinciana en que Rosita, su Rosita, distraía las distracciones de Martínez para que éste pudiese enseñar psicología, lógica y ética a los hijos de otros y de otras. Y cuando al volverse a su... casa, no, no casa, sino mesón o parador, al atravesar alguna de aquellas sórdidas callejas, una voz que salía del embozo de un mantón le decía: «¡Oye, rico!», decíase él a sí mismo mientras huía: «¿Rico?, ¿y para qué rico? Tiene razón Don Hilarión, ¿para qué rico? ¿Para qué los intereses de mis ahorros si no he de ayudar a un estado interesante? ¿Para comprar papel del Estado? Pero es que este Estado no me es interesante, no me interesa... ¿Por qué huí, Dios mío?, ¿por qué no me dejé caer?, ¿por qué no me tiré?, ¡y de cabeza!»

Aquello no era ya vivir. Y dio en corretear las calles, en bañarse en muchedumbre suelta, en ir imaginándose la vida interior de las masas con quienes cruzaba, en desnudarles no sólo el cuerpo, sino el alma, con la mirada. «Si supiera yo —se decía— la psicología que sabe Martínez... Ese Martínez a quien le he casado yo con Rosita. Porque no cabe duda que he sido yo, yo, quien les ha casado... Mas, en fin, que sean felices y que

gocen de buena salud, que es lo que importa...
¿Se acordarán de mí? ¿Y cuándo?»

Dio primero en seguir a las tobilleras, luego a
los que las seguían tras los tobillos, después en
oír los chicoleos y las respuestas de ellas, y por
último en perseguir parejas. ¡Lo que gozaba vién-
dolas bien aparejadas! «Vaya —se decía—, a ésta
ya le dejó el novio... o lo que sea..., ya va sola,
pero pronto vendrá otro... Éstos me parece que
han cambiado con aquellos otros; ¿es una nueva
combinación...?, ¿cuántas combinaciones binarias
caben entre cuatro términos...? Se me empiezan
a olvidar las matemáticas...»

—Pero hombre —le dijo un día Celedonio al
encontrarle en uno de aquellos callejeos investi-
gativos o en una de aquellas investigaciones ca-
llejeras—, pero hombre, ¿sabes que empiezas a
hacerte popular entre novios y novias?

—¿Cómo así?

—Que ya te han conocido el flaco; se divierten
mucho con él y te llaman el inspector de noviaz-
gos. Y todos dicen: ¡Pobre hombre!

—Pues, mira, sí, me tira esto, no puedo negár-
telo. Sufro cuando veo que algún mocito deja a
su mocita por otra, y cuando éstas tienen que
cambiar de mozo y cuando una que lo merece no
encuentra quien le diga: ¡Por ahí te pudras! y
aunque se ponga papel no le llega inquilino.

—O huésped.

—Como quieras. Sufro mucho, y si no fuera

por lo que es, pondría agencia de matrimonios o me haría casamentero.

—U otra cosa...

—Lo mismo me da. Y haciéndolo como yo, por amor al prójimo, por caridad, por humanidad, no creo que ello sea desdoroso...

—¡Qué ha de serlo, Emeterio, qué ha de serlo! Recuerda que Don Quijote, caballero que es el dechado y colmo del desinterés, dice que «no es así como se quiera el oficio de alcahuete, que es oficio de discretos y necesarísimo en la república bien ordenada, y que no le debía ejercer sino gente muy bien nacida, y aun había de haber veedor y examinador de los tales...», y todo lo demás que dice al respecto, que ya no me acuerdo...

—Pues, sí, sí, Celedonio, me tira eso, pero por el arte; el arte por el arte, por puro desinterés, y ni tampoco para que la república esté bien ordenada, sino para que ellos gocen mejor y yo goce viéndolos y sintiéndolos gozosos.

—Y es natural que Don Quijote sintiese debilidad por los alcahuetes y por otras gentes. Recuerda qué caritativas, qué maternales estuvieron con él las mozas que llaman del partido, y la caritativa Maritornes, que sabía echar a rodar la honestidad cuando se trataba de aliviar la flaqueza del prójimo. ¿O es que crees que Don Quijote es como esos señores de la Real Academia de la Lengua Española que dicen que la ramera es «mujer que hace ganancias de su cuerpo, entregada vilmente al vicio de la lascivia»? Porque la ganancia es una cosa y la lascivia es otra. Y las hay que ni por ganancia ni por lascivia, sino por divertirse.

—Sí, por deporte.

—Como tú, por deporte y no por ganancia ni por lascivia, ¿no es así?, a eso de seguir parejas...

—Te juro que...

—Sí, la cuestión es pasar el rato, sin adquirir compromisos serios. Y tú siempre has huido de los compromisos. Es más divertido comprometer a los demás.

—Y mira, me da una pena cuando veo a una muchacha que lo vale cambiar de novios y no sujetar a ninguno...

—Eres un artista, Emeterio. ¿No has sentido nunca vocación al arte?

—Sí, en un tiempo me dio por modelar...

—Ah, sí, te gustaba manosear el barro...

—Algo había de eso...

—Divino oficio el de alfarero, que así dicen que hizo Dios al primer hombre, como a un puchero...

—Pues a mí, Celedonio, me gustaría más el de restaurar ánforas antiguas...

—¿Apañacuencos? ¿Qué, con lañas?

—Hombre, no; eso de la laña es una grosería. Pero figúrate tú cojer un ánfora...

—Llámale botijo, Emeterio.

—¡Bueno, cojer un botijo hecho cachos y dejarlo como nuevo...

—Te repito que eres todo un artista, Emeterio. Deberías poner una cacharrería.

—Y di, Celedonio, cuando Dios le rompió una costilla a Adán para hacer con ella a Eva, ¿se la compuso luego?

—Me figuro que sí. ¡Después de manosearla, claro!

—En fin, Celedonio, que no lo puedo remediar, que me tira el oficio ese que tan necesario le parece a Don Quijote, que no es tampoco por gusto de manoseo...

—No, tú te dedicas al ojeo...

—Es más espiritual.

—Así parece.

—Y alguna vez, pensando en mi soledad, se me ha ocurrido que yo debía haberme hecho cura...

—¿Para qué?

—Para confesar...

—¡Ah, sí! ¿Para que se desnudasen el alma ante ti...?

—Me recuerdo cuando iba yo a confesarme siendo chico, y el cura, entre sorbo y sorbo de rapé, me preguntaba: «Sin mentir, sin mentir, ¿cuántas, cuántas veces?» Pero yo no podía desnudarle nada. Ni siquiera le entendía.

—Y ahora, ¿entiendes más?

—Mira, Celedonio, lo que ahora me pasa es que...

—Es que te aburres soberanamente...

—Algo peor, algo peor...

—Claro, viviendo en esa soledad...

—En la soledad de mis recuerdos de la casa de huéspedes de Doña Tomasa...

—¡Siempre Rosita!

—Siempre, sí, siempre Rosita...

Y se separaron.

Una de aquellas observaciones en excursiones furtivas le dejó una impresión profunda. Y fue que al meterse un anochecer en un café de barrio, a poco de entrar en él entró una moza, larga de uñas, de pestañas —¡como Rosita!—, aquellas, las uñas, teñidas de rojo, y negras las pestañas bajo las cejas afeitadas y luego teñidas de negro, pestañas como uñas de los párpados henchidos y amoratados, en acorde con los labios de su boca, henchidos y amoratados también. «¡Pestañuda!», se dijo Emeterio. Y se acordó de lo que le había oído decir a Celedonio —que era erudito— de cierta planta carnívora, la drosera, que con una especie de pestañas apresa a pobres insectos atraídos por su flor y les chupa el jugo. Entró la pestañuda contorneándose, hurgó el recinto con los ojos, resbaló su mirada por Emeterio y echó un pestañazo a un vejete calvo que sorbía poco a poco su leche con café, después de haberse engullido media tostada. Le lanzó las uñas de sus párpados en guiñada, a la vez que se humedecía los hinchados labios con la lengua. Al vejete se le encendió la calva poniéndose del color de las uñas de los dedos de la moza, y mientras ésta se sali-

vaba los amoratados labios él se tragaba en seco
—¡así!— la saliva. Ladeó ella la cabeza y alzán-
dose como por resorte, se salió. Y tras ella, ras-
cándose la nariz como por disimulo, y a rastras
de las pestañas de la pestañuda, él, el pobre del
café con leche. Y tras de los dos, todo transido,
Emeterio, que se decía: «¿Tendrá razón Don
Hilarión?»

Y así corrían los años y Emeterio vivía como
una sombra errante y ahorrativa, como un hongo,
sin porvenir y ya casi sin pasado. Porque iba
perdiendo la memoria de éste. Ya no frecuentaba
a Celedonio y casi le huía. Sobre todo desde que
Celedonio se había casado con la criada.

—¿Pero qué es de ti, Emeterio? —le preguntó
aquél una vez que se encontraron—, ¿qué es de
ti?

—Mira, chico, no lo sé. Ya no sé quién soy.

—¿Y antes lo sabías?

—Ya no sé ni si soy... Vivo...

—Y te enriqueces, me dicen...

—¿Enriquecerme?

—Y de Rosita, ¿qué es? Porque él, Martínez,
produjo ya lo más que pudo producir...

—¿Qué, más estados interesantes? ¿Más hijos?

—No, sino una vacante en el escalafón...

—¿Qué? ¿Se murió?

—Sí, se murió, dejando a Rosita viuda y con
una hija. Y tú también, Emeterio, producirás algún día una vacante... en el Banco.

—¡Calla, calla, no hables de eso!

Y Emeterio huyó, pensando en la vacante. Y ya toda su preocupación, bajo la sombra nebulosa en que se le iban fundiendo sus ajados recuerdos, era la vacante. Y para distraerse, para olvidar que envejecía, para no pensar en que un día habría de jubilarse —¡jubilado y buey suelto, buey jubilado!—, recorría las calles buscando, con mirada ansiosa, alguna imagen a que agarrarse. «Jubilado y buey —se decía—, ¡vaya un júbilo! ¿Y qué jubilación le habrá quedado, aparte de su hija, a Rosita?»

Hasta que un día, de pronto, como en súbita revelación providencial, el corazón se le desveló, le dio un vuelco y sintió que renacía el pasado que pudo haber sido y no fue, que renacía su ex futuro. ¿Quién era aquella aparición maravillosa que llenó la calle como un aroma de selva virgen? ¿Quién era aquella mocita arrogante, de llamativa mirada, que iba rejuveneciendo a los que la miraban? Y se puso a seguirla. Y ella, que se sintió seguida, pisó más fuerte y alguna vez volvió la cabeza, con en los ojos una mirada toda sonrisa, jubilosa sonrisa de lástima al ver que la miraba. «Esta mirada —se dijo Emeterio— me llega del otro mundo..., sí, me parece como si me llegara de mi viejo mundo, de aquel donde me aguarda el calendario de antaño.»

Pero ya tenía una ocupación, y era seguir a la aparición misteriosa, averiguar dónde vivía, quién era y... ¡Ay, aquella terrible vacante por jubilación o por...! ¡Y aquellas distracciones a calcular los intereses ajenos!

A los pocos días, en sus correrías por los barrios en que la aparición se le apareció, vio a ésta acompañada de un mocito. Y se le representó, no sabía bien por qué, Martínez. Y sintió celos. «Vaya, me voy volviendo chocho —se dijo—. ¡Esa jubilación en puerta...! ¡Esa vacante!»

Pocos días después se encontró con Celedonio.

—¿Sabes, Celedonio, a quién he encontrado ayer?

—Claro está que lo sé: ¡a Rosita!

—¿Y cómo lo has sabido?

—Basta verte la mirada. Porque te encuentro rejuvenecido, Emeterio.

—¿De veras? Pues así es.

—¿Y cómo la encontraste?

—Pues mira, hace ya días, en uno de mis vagabundeos callejeros, di con una aparición divina, te digo, Celedonio, que divina..., con una mocita toda llama en los ojos, toda vida, toda...

—Deja el Cantar de los Cantares, y al caso.

—Y di en seguirla. Sin sospechar, ¡claro!, quién era. Aunque acaso me lo decía el corazón, una corazonada me lo decía, sin que se lo entendiera bien, ese... ese...

—Sí, lo que Martínez, su padre, llamaría el subconsciente...

—Pues sí, el subcociente ése...

—Subconsciente se dice...

—Pues el subcociente me lo decía, pero yo... sin entenderle. Y la vi con un mocito, su novio, y sentí celos...

—Sí, de Martínez.

—Y hasta me propuse desbancar al mocito...

—A quien van a desbancarte es a ti, Emeterio.

—No me recuerdes la jubilación, que ahora todo mi corazón es júbilo. Claro que yo me decía: «Mira, Emeterio, a ver si ahora, a tus cincuenta pasados, vas a caer con una chiquilla que puede muy bien ser tu hija... Mira, Emeterio...»

—Bien, ¿y en qué se quedó ello?

—En que ayer, al llegar, siguiendo a esa chiquilla divina, a la casa en que vive, me encuentro con que sale de ella Rosita en persona, ¡su madre! ¡Y si vieras cómo está! ¡Apenas han pasado por ella los años!

—No, han pasado por ti... con sus intereses.

—¡Una jamona de cuarenta y seis con chorreras! Sí, una señora de incierta edad... Y en cuanto me vio: «¡Dichosos los ojos, Don Emeterio...!» «¡Y tan dichosos, Rosita, tan dichosos!», le respondí. «¿Pero qué ojos?», me preguntó. Y nos pusimos a hablar, hasta que me invitó a subir a su casa...

—Y subiste y te presentó a su hija...

—¡Cabal!

—Siempre fue Rosita, lo sabes mejor que yo, mujer de táctica y maniobrera.

—¿Pero tú crees?

—Lo que yo creo es que estaba al tanto de tus

seguimientos tras de su hija, y que ya que tú le escapaste, piensa cazarte o pescarte, y con tus intereses, para su hija...

—¡Verás, verás! Me presentó, en efecto, a su hija, a Clotilde, pero ésta se nos fue en seguida, pretextando no sé qué, lo que me pareció no le hacía mucha gracia a su madre...

—Claro, se iba tras de su novio...

—Y nos quedamos solos...

—Ahora empieza lo interesante.

—Y me contó su vida y su viudedad. Verás, a ver si recuerdo: «Desde que usted se nos escapó...», empezó diciéndome. Y yo: «¿Es...caparme?» Y ella: «Sí, desde que se nos es...capó, yo quedé inconsolable, porque aquello, reconózcalo usted, Don Emeterio, no estuvo bien, no, no estuvo ni medio bien... Y al fin tuve que casarme. ¡Qué remedio!» «¿Y su marido?», le dije. «¿Quién, Martínez? ¡Pobrecillo! Un pobre hombre... pobre, que es lo peor...»

—Y ella, Emeterio, pensaba en tanto que un pobre hombre rico, como tú, es lo mejor...

—No lo sé. Y empezó a hacerme pucheros...

—Sí, pensando en lo suyo y de su hija...

—Y me dijo de ésta que es una alhaja, una joya...

—Sin montura...

—¿Qué quieres decir?

—Nada, que ahora trata de que la montes o engastes tú...

—¡Pero qué cosas se te ocurren, Celedonio!

—¡A ella, a ella!

—Creo que te equivocas al suponerla...

—No, si yo no supongo otra cosa sino que trata de colocar a su hija, de colocártela...

—Y si así fuese, ¿qué?

—Que ya has caído, Emeterio, que ya has caído, que ya te ha cazado o pescado.

—¿Y qué?

—Nada, que ahora puedes jubilarte.

—Y al acabar la visita me dijo: «Y ahora vuelva cuando quiera, Don Emeterio, ésta es su casa.»

—Y lo será.

—Depende de Clotilde.

—No, depende de Rosita.

Y, en efecto, empezó en tanto entre Rosita y su hija Clotilde una especie de duelo.

—Mira, hija mía, es preciso que lo pienses bien y te dejes de chiquillerías. Ese tu novio, ese Paquito no me parece un partido, y, en cambio, Don Emeterio lo es...

—¿Partido?

—Sí, partido. Claro es que te lleva bastantes años, que podría muy bien, por su edad, ser tu padre; pero aún está de buen ver y, sobre todo, me he informado bien de ello, anda muy bien de caja...

—Y claro, como no pudiste, siendo tú como yo ahora, moza, encajártelo, me lo quieres encajar ahora... ¡*Pa'chasco*! ¿Vejestorios a mí? Y dime, ¿por qué le dejaste escapar?

—Como siempre ha sido muy ahorrativo, tenía la preocupación de la salud. Y yo no sé qué se le antojó si se casaba conmigo...

—Pues ahora, mamá, peor, porque a sus años y a los míos eso de la salud..., que ya te lo entiendo..., debe preocuparle más.

—Pues yo creo que no, que ahora ya no le preocupa la salud, sino todo lo contrario, y que debes aprovecharte de ello.

—Pues mira, mamá, yo soy joven, me siento joven y no quiero sacrificarme a hacer de enfermera para quedarme luego con un capitalito. No, no, yo quiero gozar de mi vida...

—¡Qué boba eres, hija mía! Tú no sabes lo de la cadena.

—¿Y qué es eso?

—Pues mira: tú te casas con este señor, que te lleva... bien, lo que te lleve..., le cuidas...

—Cuido de su salud, ¿eh?

—Pero no demasiado, no es menester que te sacrifiques. Lo primero es cumplir. Cumples...

—¿Y él?

—Él cumple, y te quedas viuda, hecha ya una matrona, en buena edad todavía...

—Como tú ahora, ¿no es eso?

—Sí, como yo; sólo que yo no tengo sobre qué caerme muerta, mientras que tú, si te casas con Don Emeterio, te quedarás viuda en otras condiciones...

—Sí, y teniendo sobre quien caerme viva...

—Ahí está el toque. Porque entonces, viuda, rica y además de buen ver, porque tú vas a mí y has de ganar con los años..., viuda y rica puedes comprar al Paquito que más te guste.

—El cual, a su vez, me hereda los cuartos y se busca luego, Don Emeterio ya él, una Clotilde...

—Y así sigue, y ésa es la cadena, hija mía.

—Pues yo, mamá, no me ato con ella.

—¿Es decir, que te emperras, o mejor te engatas con tu michino? ¿Y «contigo pan y cebolla»? Piénsalo bien, hija, piénsalo.

—Lo tengo pensado y repensado. ¡Con Don Emeterio, no! Ya sabré ganarme la vida, si es preciso; nada de su caja.

—Mira, hija, que él está entusiasmado, chocho, chochito el pobre hombre, que es capaz de hacer por ti toda clase de locuras; mira que...

—Lo dicho, dicho, mamá.

—Bueno, y ahora, ¿qué le digo yo cuando vuelva? ¿Qué hago con él?

—Pues volver a encandilarlo.

—¡Pero, hija...!

—Usted me entiende, madre.

—Demasiado, hija.

Y volvió, ¡claro está!, Don Emeterio a casa de Rosita.

—Mire, Don Emeterio, mi hija no quiere oír hablar de usted...

—¿Ni hablar?

—Vamos, sí, que no quiere que se le mente lo del casorio...

—No, no, nada de querer forzarla, Rosita, nada de eso... Pero yo... me parece rejuvenecer... me parezco otro... soy capaz de...

—¿De dotarla?

—Soy capaz de... me sería tan grato, a mi edad... siempre tan solo... tener un hogar... criar una familia... la soltería ya me pesa... me persiguen la jubilación y la vacante...

—La verdad, Emeterio —y a la vez que le suprimió, ¡por primera vez!, el Don, se le arrimó más—, me extrañaba eso de que usted se dedicase a ahorrar así una fortuna, no teniendo familia no lo comprendía...

—Eso dice también Don Hilarión.

—Pero, dígame, Emeterio —y con astuta táctica se le fue arrimando más—, dígame, ¿se le han curado aquellas aprensiones de salud de nuestros buenos tiempos?

Emeterio no sabía ya si soñaba o estaba despierto; se creía transportado, a redrotiempo, a aquellos tiempos soñados de hacía veintitantos años; todo lo posterior se había desvanecido de su memoria, y hasta la aparición de Clotilde se le desvanecía. Sentía mareo.

—¿Se le han curado aquellas aprensiones de salud, Emeterio?

—Ahora, Rosita, ahora me siento capaz de

211

todo. ¡Y no temo ni... a la vacante! ¿Por qué dejé, Dios mío, escapar aquella ocasión?

—¿Pero no estoy yo aquí, Emeterio?

—¿Tú, tú, Rosita? ¿Tú?

—Sí, yo... yo...

—Pero...

—Vamos, Emeterio, ¿qué te parezco?

Y fue y se le sentó en las rodillas. Y Emeterio empezó a temblar de júbilo, no de jubilación. Y le echó los brazos por el talle matronal.

—¡Lo que pesas, chiquilla!

—Sí, hay donde agarrar, Emeterio.

—¡Una jamona con chorreras!

—Si cuando nos conocimos hubiera yo sabido lo que sé ahora...

—¡Si lo hubiera sabido yo, Rosita, si lo hubiera sabido yo...!

—¡Ay Emeterio, Emeterio —y le acariciaba pasándole la palma de la mano por la nariz—, qué tontos éramos entonces...!

—Tú, no tanto, el tonto... yo.

—Cuando mi madre me azuzaba a que te encandilase, y tú tan...

—¡Tan rana!

—Pero ahora...

—¿Ahora qué?

—¿No quieres que reparemos lo pasado?

—¡Pero esto es toda una declaración en regla!

—¡Cabal! Pero no como la del Tenorio, aquel

panoli, porque ni es en verso, ni ésta es apartada orilla, ni aquí brilla la luna, ni...

—¿Pero y tu hija, Rosita? ¿Y Clotilde?

—Esto va a ser a su salud...

—¡Y a la tuya, Rosita!

—¡Y a la tuya, Emeterio!

—¡Claro que a la mía!

Y así fue.

Y luego ella, la taimada, le decía, tácticamente:

—Mira, rico, te juro que cuando estaba haciendo a Clotilde, en lo que más pensaba era en ti, en ti... Tuve tales antojos de embarazada...

—Y yo te juro que cuando vine acá, tras de Clotilde, venía, aun sin saberlo, tras de ti, Rosita, tras de ti... Era la querencia... o, como creo que decía Martínez, el subcociente...

—¿Y eso con qué se come?, porque nunca le oí hablar de tal cosa...

—No, no es cosa de comer... Aunque para comer y comer bien, tenemos más que bastante con mi fortuna...

—Sí, ¿para comer... los cuatro?

—¿Qué cuatro, Rosita?

—Pues, tú... yo... Clotilde...

—Son tres.

—¡Y... Paquito!

—¿Paquito también? ¡Sea! ¡A la memoria de Martínez!

Y fue tal la alegría de Rosita, señora ya de incierta edad, que se echó a llorar —¿histerismo?—, y Emeterio se abalanzó, con besos en los ojos, a chuparle las lágrimas y relamerse con su dulce amargura. Que no eran, no, lágrimas de cocodrilo.

Y quedó acordado, y sellado entre besos y abrazos, que se casarían los cuatro; Rosita con Emeterio, Clotilde con Paquito, y que vivirían juntos, en doble familia, y que Emeterio dotaría a Clotilde.

—No esperaba menos de ti, Emeterio, y ya verás ahora los años que has de vivir...

—Sí, y con júbilo, aunque jubilado. Y no espero dejarte vacante.

Y se casaron el mismo día la madre con Emeterio y la hija con Paquito. Y se fueron a vivir juntos los dos matrimonios. Y se jubiló Emeterio. Y fue una doble luna de miel, la una menguante y la otra creciente.

—La nuestra, Rosita —decía Emeterio, en un ataque de melancolía retrospectiva—, no es de miel, sino de cera...

—Bueno, cállate ahora y no pienses tonterías.

—¡Si no hubiese sido tan tonto hace... los años que haga...!

—No seas grosero, Emeterio, y menos ahora.

—Ahora que eres una señora de cierta edad...

—¿Te parezco...?

—Mejor que de moza, ¡créemelo!

—¿Pues entonces?

—¡Ay Rosita, Rosita dè Sarón, estás como nueva!

—Y dime, Emeterio, ¿se te ha pasado aquello de las charadas...? Porque me daba pena verte con aquello de: «mi primera... mi segunda... mi tercera...

—¡Cállate, mi todo!

Y mientras la apretaba a su seno, se iba diciendo con los ojos cerrados: Rota... tata... rorro... tarro... sita... sí...

Y luego:

—Pero dime, tu primer marido, Martínez, el padre de Clotilde...

—¿Ahora con celos retrospectivos?

—¡Es el subcociente!

—Pues él te estaba muy agradecido, y hasta te admiraba.

—¿Admirarme a mí?

—A ti, sí, a ti. Bien es verdad que yo le hice saber todo lo correcto que fuiste conmigo, y cómo te portaste como todo un caballero...

—¡El caballero fue él, Martínez!

—Y mira, ¿ves este medallón? Aquí llevaba un retrato de Martínez; pero por debajo, tapado por el de él, el tuyo... y ahora, ¿ves?

—Y ahora, debajo del mío estará el del otro, ¿no?

—¿Cuál? ¿El del muerto? ¡Quia! ¡No soy tan romántica!

—Pues yo tengo que enseñarte el calendario que tenía en mi cuarto cuando decidí aquella escapatoria. No arranqué la hoja de aquel día, y así lo guardo.

215

—¿Y ahora piensas ir arrancando sus hojas?

—¿Para qué? ¿Para descifrar las charadas del resto de aquel año fatídico? No, mi todo, no.

—¡Ay rico mío!

—Rico, ¿eh? ¿Rico? Yo soy un pobre hombre, pero no un pobre hombre... pobre.

—¿Y quién dice eso?

—Me lo digo yo.

Apenas pasada la luna de miel, encontróse un día Emeterio con Celedonio.

—Te encuentro, Emeterio, rejuvenecido. Se ve que te prueba a la salud el matrimonio.

—¡Y tanto, Celedonio, tanto! Esa Rosita es un remedio..., ¡parece imposible! ¡Claro, tantos años viuda!

—Todo es cuestión de economía, Emeterio; claro que no de política, sino de máximos y mínimos. Hay que saber ahorrarse. Cuidado, pues, con que con tu Rosita te derroches y te las líes... Además, esa convivencia con el matrimonio joven... esa Clotilde... ese Paquito...

—¿Quién? ¿Mi yernastro? Es un pobre chico que se ha casado por libertinaje.

—¿Por libertinaje?

—Sí, figúrate que entre sus librejos le encontré uno titulado: *Manual del perfecto amante*. ¡Manual! ¡Figúrate, manual!

—Sí, estaría mejor prontuario, o epítome, o catecismo...

—¡O cartilla! Pero ¡manual! Te digo que es un tití, un mico...

—Sí, un cuadrumano, quieres decir. Pues ésos con los peligrosos. Recuerdo una vez que iba yo de viaje con una parejita de recién casados que no hacían sino aprovechar los túneles, y como se propasaran en eso de arrullarse y arrumacarse a mis narices, les llamé discretamente la atención, ¿y sabes con qué me salió la mocosa? Pues con un «¿Qué? ¿Le damos dentera, abuelito?»

—¿Yo? Yo le dije: «¿Dentera? ¿Dentera a mí? Hace años ya, mocita que gasto dentadura postiza, y de noche la pongo a remojo en un vaso de agua aséptica.» Y se calló. Conque... ¡cuida de tu salud!

—Quienes me la cuidan son ellos, los tres. Mira, hace poco tuve que guardar cama con un fuerte catarro, ¡y si vieras con qué mimo me traía los ponches calientes Clotildita! ¡Es un encanto! Y luego ¿sabes? Clotildita tiene una habilidad que parece ha heredado de Doña Tomasa, su abuela materna, mi patrona que fue, y es que silba que ni un canario. Doña Tomasa también silbaba, sobre todo cuando se ponía a freír huevos, pero su nieta no la llegó a conocer —se murió antes de nacer ésta—, y como Rosita no ha sabido jamás silbar, que yo sepa, ¿de dónde adquirió Clotildita esa habilidad con que silba las últimas cancioncillas de las zarzuelas? ¡Misterios de la naturaleza femenina!

—Eso, Emeterio, debe de tener que ver con la

serpiente de la caída o mejor tirada del Paraíso...

—Y lo curioso, Celedonio, es que fuera de eso usa siempre palabras de simple sentido, y no tiene recámara alguna...

—Que te crees tú eso, Emeterio...

—Sí; es, aparte lo físico, completamente Martínez.

—Sí, su metafísica es paternal, martineziana. Pero, ¿y no hay entre las dos parejas competencia?

—¡Quia! Y los sábados vamos los cuatro al teatro y nada de drama. A Rosita y a Clotilde les gusta lo de reír: comedias, astracanadas, y a nosotros, a mí y a Paquito, nos gusta que se rían. Y no les asusta, ¡claro!, que el chiste sea picante, y como yo no veo mal en ello...

—Al contrario, Emeterio —y al decirlo se puso Celedonio más serio que un catedrático de estética—. Al contrario; la risa lo purifica todo. No hay chiste inmoral, porque si es inmoral no es chistoso; sólo es inmoral el vicio triste, y la virtud triste también. La risa está indicada para los estreñidos, los misantrópicos; es mejor que el agua de Carabaña. Es la virtud purgativa del arte, la catarsias, que dijo Aristóteles, o Aristófanes, o quien lo dijera. ¿Y he dicho algo, Emeterio?

—Sí, Celedonio, sí; hay que cultivar el sentimiento cómico de la vida, diga lo que quiera ese Unamuno.

—Sí, Emeterio, y hay que cultivar hasta la

pornografía metafísica, que no es, ¡claro!, la metafísica pornográfica...

—Pero ¡si toda metafísica es pornográfica, Celedonio!

—Yo, por mi parte, Emeterio, he empezado a escribir una disertación apologético-exagético-misticometafísica sobre el rejo de Rahab, la golfa que figura en el abolengo de San José bendito. Y te hago gracia de las citas bíblicas, como eso de capítulo y versillo, porque yo no soy, gracias a Dios, Unamuno.

—Pues mira, Celedonio, esto que me dices de estar escribiendo esa disertación me recuerda que hablando con Rosita de Martínez me ha dicho que se puso éste a escribir una novela en que, cambiados los nombres, salíamos ella, Rosita, y yo y la casa de huéspedes de Doña Tomasa, pero que ella, Rosita, no se la dejó publicar. «Que la escribiera, bien —me decía—, si así le divertía, pero ¿publicarla?» «¿Y por qué no —le digo yo—, si así se han de divertir otros leyéndola?» ¿No te parece?

—Tienes razón en eso, Emeterio, mucha razón. Y, sobre todo, cultivemos, como decías muy bien antes, el sentimiento cómico de la vida, sin pensar en vacantes. Porque ya sabes aquel viejo y acreditado aforismo metafísico: ¡de este mundo sacarás lo que metas, y no más!

Y se separaron corroborados en su amor a la vida que pasa y mejores, más optimistas que antes. Si es que sabemos qué sea eso de optimismo.

Y qué sea lo de júbilo y tristeza, y lo de metafísica y lo de pornografía. ¡Camelos de críticos!

Un día Rosita se le acercó con cierta misteriosa sonrisa a Emeterio, y abrazándolo le dijo al oído:

—¿Sabes, rico, una noticia? ¿Un acertijo?

—¿Qué?

—Adivina, adivinaja, ¿quién puso el huevo en la paja?

—¿Y quién puso la paja en el huevo, Rosita?

—Bueno, no te me vengas con mandangas, y contesta. ¿Sabes el acertijo? ¿Lo sabes? Sí, o no, como Cristo nos enseña...

—No, ¡sopitas!, ¡sopitas!

—Pues que vamos a tener un nietito...

—¿Nietito? ¡Tuyo! ¡Mío será nietastrito!

Bueno, no seas roñoso.

—No, no, a mí me gusta propiedad en la lengua. El hijo de la hijastra, nietastrito.

—Y el hijastro de la hija, ¿cómo?

—Tienes razón, Rosita... Y luego dirán que es rica esta pobre lengua nuestra castellana..., rica lengua..., rica lengua... ¡Sí, las mollejas!

—¡Qué cosas se te han ocurrido siempre, Emeterio!...

—Y a ti, ¡qué cosas te han ocurrido!

Y Emeterio se quedó pensando, al ver a Paquito: «¿Y éste, el hijo político de mi mujer, qué es mío? ¿Hijastro político? ¿O hijo policastro? ¿O hijastro policastro? ¡Qué lío!»

Y vino al mundo el nietastrito, y Emeterio se volvió aún más chocho.

—No sabes el cariño que le voy tomando —le decía a Celedonio—. Él me heredará, él será mi heredero universal y único, el de mi dinero, se entiende, y, en cambio, me moriré con la satisfacción de no haberle trasmitido ninguna tara física y de que así no heredará nada de esta simplicidad que ha sido mi vida. Y cuidaré de que no se aficione a descifrar charadas.

—Y Clotilde, ¡claro!, con eso de ser madre, habrá mejorado.

—Está espléndida, Celedonio, te digo que espléndida, y más llamativa que nunca. ¡Pero para mí sigue siendo un mírame, y no me toques!

—Y te consuelas con un tócame y no me mires.

—No tanto, Celedonio, no tanto.

—¡Bah! Lo seguro es atenerse a lo de Santo Tomás Apóstol, y vuelvo a hacerte gracia de la cita: «¡Tocar y creer!»

—Con Clotilde, Celedonio, me basta con ver. Y ver que es una joya, como dice su madre; es su madre mejorada.

—Vamos, sí, mejor montada. Pero entonces consuélate, porque si llegas a casarte a tiempo con Rosita, Clotilde no habría salido como salió.

—Sí, a menudo me pongo a pensar cómo habría sido Clotilde si hubiese sido yo su padre verdadero...

—¡Bah!, acaso pasó a ella lo mejor tuyo, la idea que de ti tenía, Rosita...

—Eso me lo dice ésta, y más ahora, que estoy reducido a idea... ¡Pero el nietastrito no es idea!

—Y el nietastrito se debe a ti, a tu generosidad, porque tú eres el que casaste a Paquito y Clotilde. ¿Te acuerdas cuando hablábamos de tu vocación para el oficio necesarísimo en la república bien organizada?...

—¡Que si me acuerdo...!

—Y tú, siguiendo por tu vocación celestinesca a la parejita de Clotilde y Paquito, hiciste de celestino de ti mismo. ¡Admirables son los caminos de la Providencia!

—Sí, y cuando empezaba a cansarme del camino de la vida.

—Tú le serviste a Rosita para que pescara a Martínez, el predestinado, quien sin ti no habría picado, y Martínez le ha servido a ella misma, haciéndole a Clotilde, para que te haya pescado ahora a ti...

—¿Y si Martínez no se muere?

—Me da el corazón que habría acabado ella pescándote lo mismo.

—Pero entonces...

—Sí, es más decentemente moral que se la pague al muerto... Y así ha resuelto el problema de su vida.

—¿Cuál?

—¡Otra! ¡El de pegársela a alguien! Y tú el de la tuya.

—¿Y cuál es el problema de mi vida, Celedonio?

—El aburrimiento de la soledad ahorrativa, por no querer hacer el primo, por temor a que se la peguen a uno.

—Es verdad..., es verdad...

—Y es que el solitario, el aburrido, da en hacer solitarios, ¿me entiendes?, y esto acaba por imbecilizar. Y el remedio es hacer solitarios en compañía...

—¡Hombre, te diré!... Ahora, después de cenar nos solemos poner Rosita y yo, junto al brasero, a jugar al tute...

—¿No te lo decía, Emeterio, no te lo decía? ¿Lo ves? Y te hace trampas, ¿no es eso? ¿Para fallarte las cuarenta?

—Alguna vez...

—¿Y a ti te divierte que te las haga, y te ríes, como si te hicieran cosquillas, de que te las fallen? ¿Y te dejas engañar? ¿Te dejas que te la pegue? Pues ésa es toda la filosofía del sentimiento cómico de la vida. De los chistes que se hacen en las comedias a cuenta de los cornudos nadie se ríe más que los cornudos mismos cuando son filosóficos, heroicos. ¿Gozar en sentirse ridículo? ¡Placer divino reírse de los reidores de uno!...

—Sí, ya se dice aquello de: «Que no me la pegue mi mujer; si me la pega, que yo no lo sepa, y si lo sé, que no me importe...»

—Eso, Emeterio, es mezquino y triste. Hay que elevarse más, y es: «Y si ella goza en pegármela, yo, por amor a ella, darle ese gozo...»

—Pero...

—Y aún hay otro grado mayor de elevación, y es el de hacerse espectáculo para que el mundo se divierta...

—Pero yo, Celedonio...

—No, tú, Emeterio, no te has elevado a esas cumbres de excelsitud, aunque has cumplido como bueno. Y ahora sigue jugando al tute, pero sin arriesgar nada, desinteresadamente, que en el desinterés está el chiste... Y en el chiste está la vida...

—Bueno, basta, que esos conceptos me hurgan en el bulbo raquídeo.

—Pues ráscate el cogote, y así se te irá la caspa.

Y ahora, mis lectores, los que han leído antes mi *Amor y pedagogía* y mi *Niebla* y mis otras novelas y cuentos, recordando que todos los protagonistas de ellos, los que me han hecho, se murieron o se mataron —y un jesuita ha llegado a decir que soy un inductor al suicidio—, se preguntarán cómo acabó Emeterio Alfonso. Pero estos hombres así, a lo Emeterio Alfonso —o Don Emeterio de Alfonso— no se matan ni se mueren, son inmortales, o más bien resucitan en cadena. Y confío, lectores, en que mi Emeterio Alfonso será inmortal.

Salamanca, diciembre 1930.

UNAMUNO Y SU TIEMPO

AÑO	DATOS BIOGRÁFICOS
1864	Nace en Bilbao el 29 de septiembre.
1865	
1866	
1867	
1868	
1869	
1870	Muere su padre, don Félix.
1871	
1872	
1873	

PANORAMA CULTURAL	ACONTECIMIENTOS HISTÓRICOS
Guerra y paz, de León Tolstoi.	Primera Internacional Socialista.
Nace Ángel Ganivet.	Primera huelga general en España. Termina la guerra de Secesión en los Estados Unidos, que se había iniciado en 1861.
Nacen Ramón del Valle-Inclán, Jacinto Benavente y Carlos Arniches. *Crimen y castigo*, de Fedor Dostoievski.	
Nacen Rubén Darío, Vicente Blasco Ibáñez y Luigi Pirandello. *El capital*, de Karl Marx. *Thérèse Raquin*, de Émile Zola.	
	Revolución burguesa llamada «La Gloriosa». Marcha a Francia de Isabel II y formación de un gobierno provisional presidido por Serrano.
Nace Ramón Menéndez Pidal.	
Nace Ignacio Zuloaga.	Asesinato del general Prim.
Edición póstuma de las *Obras* de Gustavo Adolfo Bécquer. Empieza a publicarse *Les Rougon-Macquart*, de Zola.	Reinado de Amadeo I de Saboya. Segundo Reich alemán (1871-1914).
Nace Pío Baroja.	
Nacen Azorín y Marcel Proust. Comienzo de los *Episodios nacionales*, de Benito Pérez Galdós. *Ana Karenina*, de Tolstoi.	Tercera guerra carlista (1873-1875). Abdicación de Amadeo I de Saboya. Se proclama la I República.

AÑO	DATOS BIOGRÁFICOS
1874	Vive el bombardeo de Bilbao por las tropas carlistas.
1875	
1876	
1879	
1880	Comienza a cursar la carrera de Filosofía y Letras en la Universidad Complutense de Madrid.
1881	
1883	
1884	Defiende su tesis doctoral: *Crítica del problema sobre el origen y prehistoria de la raza vasca.*
1885	
1887	

PANORAMA CULTURAL	ACONTECIMIENTOS HISTÓRICOS
Nacen Manuel Machado y Ramiro de Maeztu. *Pepita Jimé-nez,* de Juan Valera.	Bombardeo carlista contra los liberales refugiados en Bilbao. Gobierno de Serrano. Pronunciamiento del general Martínez Campos en Sagunto.
Nace Antonio Machado.	Restauración de la monarquía con la subida al trono de Alfonso XII.
Nace Manuel de Falla.	Fundación de la Institución Libre de Enseñanza. Supresión de los fueros de las Vascongadas.
Nacen Gabriel Miró, Eduardo Marquina y Francisco Villaespesa.	Fundación del PSOE por Pablo Iglesias.
Nacen Manuel Azaña y Ramón Pérez de Ayala. *Los hermanos Karamazov,* de Dostoievski.	Abolición de la esclavitud en Cuba.
Nacen Juan Ramón Jiménez y Pablo Picasso.	
Nace José Ortega y Gasset. *Así hablaba Zaratustra,* de Federico Nietzsche.	
La Regenta, de Clarín.	
Descubrimiento de la vacuna anticolérica por Jaime Ferrán. Muere Rosalía de Castro. *Germinal,* de Zola.	Muerte de Alfonso XII. Regencia de María Cristina (1885-1902).
Invención de la linotipia. Nace Gregorio Marañón. *Fortunata y Jacinta,* de Pérez Galdós.	

AÑO	DATOS BIOGRÁFICOS
1888	
1889	Viaja por Francia e Italia.
1891	Se casa con Concepción Lizárraga, a la que conocía desde niño. Toma posesión de la cátedra de griego de la Universidad de Salamanca.
1892	
1893	
1895	*En torno al casticismo* (ensayo).
1896	
1897	Sufre una intensa crisis religiosa. Aparece su primera novela: *Paz en la guerra*. Empieza a escribir el *Diario íntimo*.
1898	
1899	*La venda* (teatro).
1900	Es nombrado rector de la Universidad de Salamanca. Empieza a escribir en *La Nación* de Buenos Aires.

PANORAMA CULTURAL	ACONTECIMIENTOS HISTÓRICOS
Nace Ramón Gómez de la Serna. *Azul...*, de Rubén Darío.	Fundación de la UGT, sindicato socialista.
	Segunda Internacional. Promulgación en España del Código Civil.
Encíclica *Rerum novarum* de León XIII. Nace Pedro Salinas. *El retrato de Dorian Gray*, de Oscar Wilde.	
Primer viaje a España de Rubén Darío.	
Nace Jorge Guillén.	
	Movimientos independentistas en Cuba y Filipinas. Cinematógrafo de los hermanos Lumière.
Prosas profanas, de Rubén Darío. Nace Gerardo Diego.	
	Asesinato de Cánovas del Castillo.
Nacen Federico García Lorca, Vicente Aleixandre, Dámaso Alonso y José María Pemán.	Derrota de la armada española por los Estados Unidos. Tratado de París, por el que España pierde Cuba, Puerto Rico y Filipinas.
Juan Ramón, *Ninfeas*. Francisco Giner, *El problema de la educación nacional*.	Subida al trono de Italia de Víctor Manuel III (1900-1944).

AÑO	DATOS BIOGRÁFICOS
1901	
1902	*Amor y pedagogía* (novela).
1903	
1904	
1905	*Vida de don Quijote y Sancho* (ensayo).
1906	
1907	*Poesías.* Termina *Niebla*.
1909	*La princesa doña Lambra* (teatro). *La difunta* (teatro).
1910	*El pasado que vuelve* (teatro). *Fedra* (teatro).

PANORAMA CULTURAL	ACONTECIMIENTOS HISTÓRICOS
Teoría de los reflejos condicionados, de Pavlov.	
Camino de perfección, de Baroja. *La voluntad,* de Azorín. Empieza la serie de las *Sonatas* de Valle-Inclán. Nacen Rafael Alberti y Luis Cernuda. *Quinta sinfonía,* de Gustav Mahler.	Subida al trono de Alfonso XIII.
Descubrimiento del radio por los esposos Curie.	
La busca, de Baroja. José Echegaray obtiene el Premio Nobel de Literatura.	
Nace Jean-Paul Sartre.	
Santiago Ramón y Cajal obtiene el Premio Nobel de Medicina.	
Soledades, galerías, otros poemas, de Antonio Machado. *Las señoritas de Avignon,* de Picasso. Valle-Inclán comienza las *Comedias bárbaras.*	Gobierno de Maura.
Los intereses creados, de Benavente.	«Semana trágica» de Barcelona. Ejecución del pedagogo anarquista Francisco Ferrer y Guardia. Guerra de África (1909-1927).
Nace Miguel Hernández.	Gobierno de Canalejas. Se crean la Residencia de Estudiantes y el Centro de Estudios Históricos. Subida al trono de Jorge V de Inglaterra.

AÑO	DATOS BIOGRÁFICOS
1911	*Por tierras de Portugal y de España* (artículos). *Rosario de sonetos líricos.*
1912	*Contra esto y aquello* (artículos).
1913	*Del sentimiento trágico de la vida* (ensayo).
1914	Es destituido del cargo de rector. Publica *Niebla.*
1915	Participa en las campañas en favor del bando aliado.
1916	
1917	Visita el frente italiano de Udina. *Abel Sánchez* (novela).
1918	
1920	Se presenta a las elecciones como candidato socialista. Es nombrado decano de su universidad. *El Cristo de Velázquez* (poesía). *Tres novelas ejemplares y un prólogo.*
1921	Obtiene el cargo de vicerrector. *La tía Tula* (novela). *Soledad* (teatro). *Raquel encadenada* (teatro).

PANORAMA CULTURAL	ACONTECIMIENTOS HISTÓRICOS
El árbol de la ciencia, de Baroja. Muere Gustav Mahler.	Creación del sindicato anarquista CNT.
Campos de Castilla, de Antonio Machado. Pío Baroja, *El árbol de la ciencia*.	Asesinato de Canalejas. Tratado hispano-francés sobre Marruecos.
Einstein formula la teoría de la relatividad. *Consagración de la primavera*, de Igor Stravinski (música).	Gobierno de Eduardo Dato. Ocupación de Tetuán por las tropas españolas.
Meditaciones del Quijote, de Ortega y Gasset. *En busca del tiempo perdido*, de Marcel Proust.	Estalla la Primera Guerra Mundial (1914-1918). España se declara neutral. Batalla del Marne.
Muere Fco. Giner de los Ríos. *La metamorfosis*, de Franz Kafka.	
Muere Rubén Darío. Nace Camilo José Cela. Ortega empieza *El espectador*.	Batalla de Verdun.
Diario de un poeta reciencasado, de Juan Ramón Jiménez.	Revolución rusa de octubre y derrocamiento del zar Nicolás II. Los Estados Unidos entran en guerra con Alemania.
Klemen inventa el aeroplano ligero. *Greguerías*, de Gómez de la Serna. *La decadencia de Occidente*, de Oswald Spengler.	Gobierno de Maura. Fin de la Primera Guerra Mundial. Guerra civil en Rusia (1918-1920).
Muere Pérez Galdós. *Luces de bohemia* y *Divinas palabras*, de Valle-Inclán.	
España invertebrada, de Ortega y Gasset. *Belarmino y Apolonio*, de Pérez de Ayala.	Asesinato de E. Dato. Desastres de Annual y Monte Arruit. Fundación del Partido Comunista de España.

AÑO	DATOS BIOGRÁFICOS
1922	*Andanzas y visiones españolas* (artículos).
1923	*Rimas de dentro* (poesía).
1924	Es destituido de su cátedra, cesado como decano y vicerrector y desterrado a la isla de Fuerteventura. En el mes de julio, Primo de Rivera lo indulta y se exilia voluntariamente en París. Publica *Teresa* (poesía).
1925	Se traslada a Hendaya. *De Fuerteventura a París* (poesía). *L'agonie du Christianisme* (ensayo traducido al francés por Jean Cassou).
1926	*Sombras de sueño* (teatro). *El otro* (teatro).
1927	*Cómo se hace una novela* (memorias).
1928	*Romancero del destierro*. Empieza a escribir *Cancionero (Diario poético)*, que se prolongará hasta su muerte. La editorial madrileña Renacimiento publica las *Obras completas* (1928-1930, 9 vols.).
1929	*El hermano Juan* (teatro).
1930	Con el fin de la dictadura regresa a España.

PANORAMA CULTURAL	ACONTECIMIENTOS HISTÓRICOS
La Cierva inventa el autogiro. *Nuestro padre San Daniel*, de Gabriel Miró. *Ulises*, de James Joyce.	Víctor Manuel III encarga la formación de gobierno a Benito Mussolini.
Ortega funda la *Revista de Occidente*.	Golpe de Estado del general Miguel Primo de Rivera y comienzo de la dictadura.
Nace Luis Martín Santos. *Veinte poemas de amor y una canción desesperada*, de Pablo Neruda. *Manifiesto surrealista*, de Marcel Breton.	Muere Lenin.
La deshumanización del arte, de Ortega y Gasset. *El pensamiento de Cervantes*, de Américo Castro. *Marinero en tierra*, de Rafael Alberti.	Comienza en Italia la dictadura fascista de Mussolini. Revolución nacional china (1925-1927). Mueren Pablo Iglesias y Antonio Maura.
Tirano Banderas, de Valle-Inclán. *El cementerio marino*, de Paul Valéry. *El acorazado Potemkin*, de Eisenstein (cine).	
Los jóvenes poetas españoles celebran el centenario de Góngora. *Ser y tiempo*, de Martín Heidegger.	
Fleming descubre la penicilina. *Romancero gitano*, de García Lorca. *Cántico*, de Jorge Guillén.	
	Quiebra de la Bolsa de Nueva York y crisis económica mundial. Dictadura de Stalin. Karvius y Telefunken inventan la televisión.
	Cae Primo de Rivera y se inicia la «dictablanda» del general Berenguer. Levantamiento militar en Jaca de los capitanes Fermín Galán y García Hernández.

237

AÑO	DATOS BIOGRÁFICOS
1931	Es nombrado alcalde-presidente honorario del ayuntamiento de Salamanca, rector de la universidad, presidente del Consejo de Instrucción Pública, diputado a Cortes y académico de la Lengua, aunque nunca llegará a leer el discurso de ingreso. Publica *San Manuel Bueno, mártir*. Edición española de *La agonía del cristianismo*.
1932	
1933	Decide no volverse a presentar como candidato a diputado. Dimite de su cargo de presidente del Consejo de Instrucción Pública.
1934	Se jubila de su actividad docente, aunque sigue como rector vitalicio. Es nombrado doctor «honoris causa» por la Universidad de Grenoble. Publica *El hermano Juan* (teatro). Mueren su mujer y su hija Salomé.
1936	Doctor «honoris causa» por la Universidad de Oxford. Apoya el alzamiento del 18 de julio. Azaña lo destituye del rectorado, pero en el mes de septiembre es confirmado por el general Cabanellas. Se enfrenta al general Millán Astray. Franco lo vuelve a destituir. Es condenado a arresto domiciliario. Muere el 31 de diciembre.

PANORAMA CULTURAL	ACONTECIMIENTOS HISTÓRICOS
Poema del cante jondo, de García Lorca. *Luces en la ciudad,* de Charles Chaplin (cine).	Alfonso XIII abandona el país. Se proclama la II República bajo la presidencia de Niceto Alcalá Zamora.
Fundación de «La Barraca», dirigida por García Lorca y Eduardo Ugarte. *Espadas como labios,* de Aleixandre.	Pronunciamiento del general Sanjurjo.
La voz a ti debida, de Pedro Salinas. *Bodas de sangre,* de García Lorca.	Fundación de la Falange Española por José Antonio Primo de Rivera. Triunfo de las derechas en las elecciones españolas. Subida al poder de Adolf Hitler. Tercer Reich alemán (1933-1940). Presidencia de Roosevelt en los Estados Unidos.
Juan de Mairena, de Antonio Machado. *Yerma,* de García Lorca. *La destrucción o el amor,* de Aleixandre. Muere Ramón y Cajal.	Revolución obrera en Asturias.
Mueren Valle-Inclán y García Lorca.	Triunfo en las elecciones del Frente popular (liberales e izquierdas). Sublevación militar y comienzo de la guerra civil española (1936-1939).